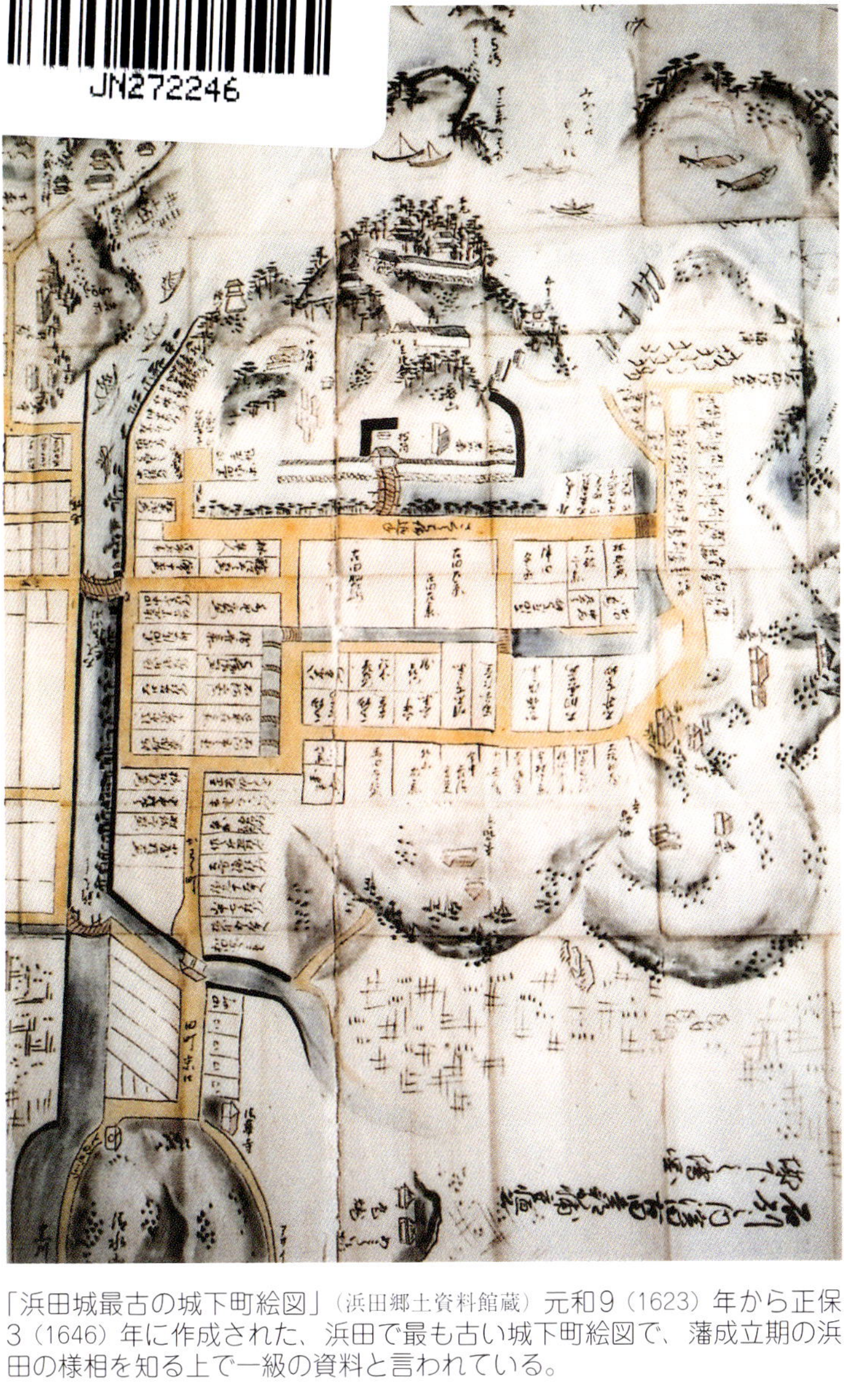

「浜田城最古の城下町絵図」（浜田郷土資料館蔵）元和9（1623）年から正保3（1646）年に作成された、浜田で最も古い城下町絵図で、藩成立期の浜田の様相を知る上で一級の資料と言われている。

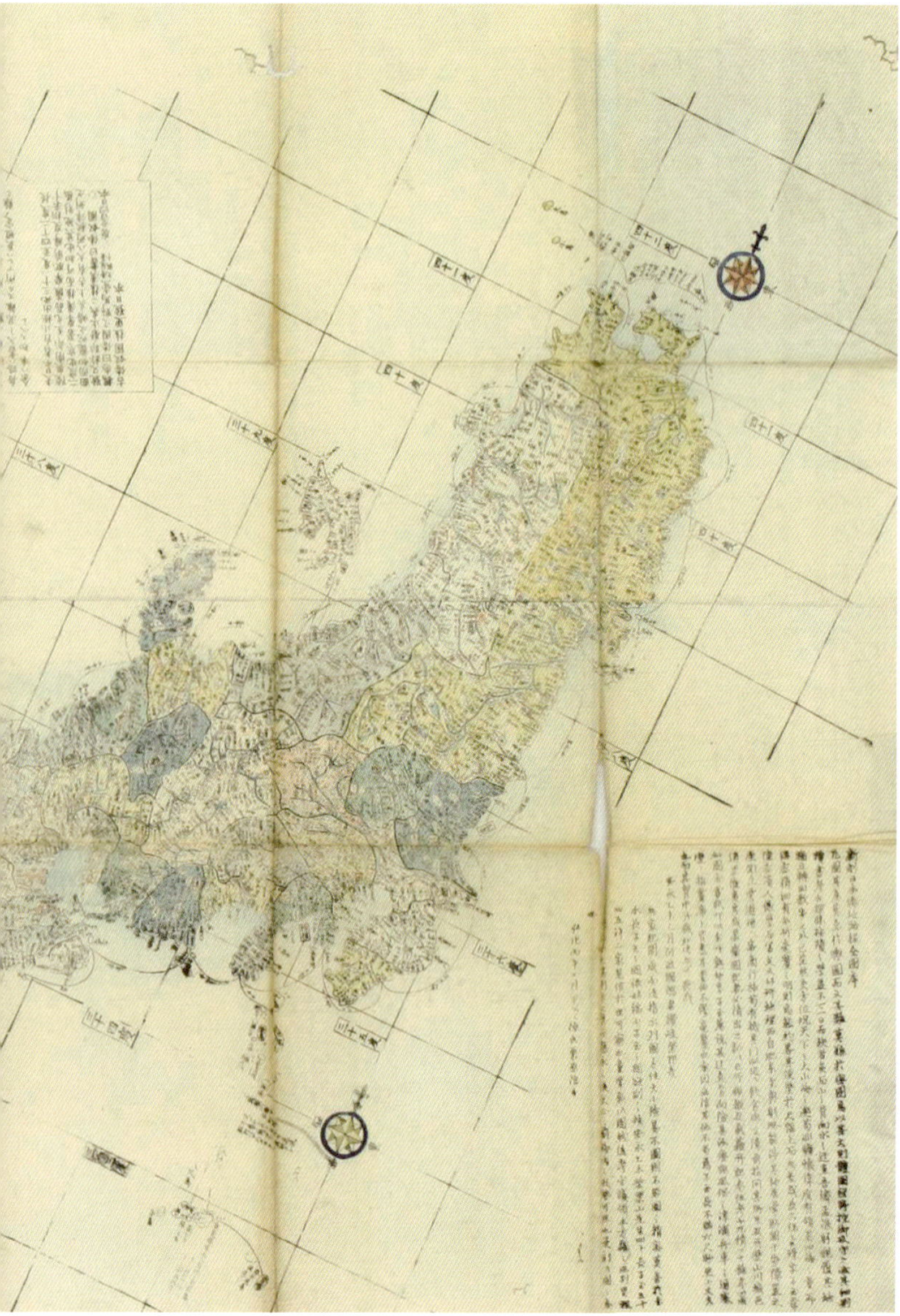

「日本輿地路程全図」（早稲田大学図書館蔵）長久保赤水（1717年～1801年）が安永3（1774）年に完成させたこの地図にも、会津屋八右衛門が渡航した竹島が記載されている。

第11代将軍徳川家斉（上）と老中首座水野忠邦（いずれもフリー百科事典「ウィキペディア」より）

海商、会津屋八右衛門

小寺雅夫
Masao Kotera

文芸社

はじめに

六万一千石の小藩である浜田藩の第十三代藩主である松平康任は、文政九（一八二六）年に老中となり、さらに老中首座へと栄進した。第十一代藩主の康福より三代の藩主は、歴代の浜田藩主の中でも選り抜きの英主で、文化的政策にもその才能は発揮されていた。

第十二代藩主の康定は天明七（一七八七）年に『万葉八重畳』を著し、寛政三（一七九一）年には、藩校の長善館を家老の岡田頼母や藩士の小篠御野らと協力して開校した。康任もまた、文政七（一八二四）年に万葉の研究書『由布太多美』を著した。この時代は家老の岡田頼母の国政に対する好補佐と相まって、文化の華を咲かせていた。しかし、江戸への参勤交代にかかる費用・大坂城代として在坂中に要する費用・朝鮮使節への接待費・江戸藩邸の災害に対する改築費用・所替えの費用などを捻出する必要に迫られ、また浜田藩内の凶作と洪水の自然災害も追い討ちをかけ、藩財政は巨額の借金を抱えることになったのである。この赤字財政を解消するために、岡田頼母・橋本三兵衛・会津屋八右衛門（今津屋八右衛門ともいう）・松井図書を中心にして、命懸けの密貿易に挑戦し、天下の耳目を聳動させる竹島事件が決行されたのである。

まず南方渡航の手始めに竹島（鬱陵島）への密航が開始されたのが天保初年（一八三〇年代）のことで、基地港の外ノ浦には珍品が数多く陸揚げされた。南方の珍品によって得た利益は莫大なもので、運上金の納入によって藩庫は潤ったのである。この巨利に圧倒されて江津や都野津あたりの船乗りもこれに参加した。

その頃、薩摩の島津氏が密貿易をしているという情報を得た幕府は、外国の事情に明るい間宮林蔵を九州へと送り込んだ。偶然、山陰道を通った林蔵が下府で異国品があるのを見つけ、浜田城下を内偵したが、何らの確証をつかめず役目を果たしての帰り、大坂町奉行所の矢部駿河守定謙に、このことを報告した。定謙は隠密を浜田に走らせ、確かな証拠を握り、六～七年続いた密貿易は露見されたのである。この事件は藩主康任の関知しないことであったが、鎖国政策を実施している幕府は極度の狼狽と焦燥をみせ、幕府政権そのものに震撼と戦慄の炎を走らせたのである。

この事件の裁判の判決の結果は岡田頼母と松井図書に出府を申しつけるということであったが、二人とも自刃して果て、橋本三兵衛と会津屋八右衛門は江戸の鈴ヶ森へと引かれて処刑された。康任は永久的蟄居という謹慎処分を受け、十四代藩主松平康爵は奥州棚倉へ転封され、事件に関係があった者は全て罪に問われたのである。こうして事件は一件落着したかにみえたが、外国船が頻繁に出没している時であっただけに、幕府にとっては重大な関心事であった。

この物語は会津屋八右衛門を主人公として、浜田藩を救うために命を代償に海商の力を得て海の荒波に帆を揚げ艇（てい）をこぎ出した男たちが巨万の富を生み出し、不正の発覚により処刑させられた竹島事件の本質を洗い出し、その歴史的背景を描くものである。主人公の会津屋八右衛門の勇気と大冒険に満ちた英断的行動を細かく解説し、再現してみたいと思う。

目次

海商、会津屋八右衛門

会津屋の阿呆丸が遭難

会津屋所有の阿呆丸が、船主の清助と五十六人の乗組員を乗せて行方不明になってから三年が過ぎていた。

清助の先祖は奥州会津にいた平家の一族・長井八郎重利入道妙伝という者で、宗家（総本家）の命令で、豊後国（今の大分県）の平家の荘園を守っていたが、平重盛が中国へ使いを送る時、一緒に今津の港から船出した。使命を果たした後は今津に住み着いていた。南北朝・吉野朝廷の時代から九州の宮方と石州（石見国）の宮方とを往来していたので、船を建造したり使者となったりした。したがって、その間の航路は夜でもわかるようになった。

潮鶴氏を盟主として、二百二十二隻の船が朝鮮・中国北部海域を乗り回し、商業を盛んに行った時、長井・安武ら二十二氏は石見国（今の島根県）に住むことになった。

長井氏は、浜田の松原に住んで城下町時代になって会津屋と名乗った。それが清助の代になって、今津屋と名乗る家が多くなり、先祖の地名を採って今津屋と改名したのである。

今津屋は代々船乗りだったが、清助は藩の回船御用を務めるので、大坂と江戸へは、毎年何度も往復しなければならなかった。

大きな藩は産物が多いので船が大きくて、小さな藩は産物が少ないので、浜田藩の船は極めて小さく「石見のチャンコ丸」と言われたのである。負けず嫌いの清助は、このことが悔しくてならないので、二千五百石積みの大船を造ることにした。百万石の加賀藩が造った二千三百石積みの大船に勝る船を造ったので、賑やかな進水式が開催された。随分評判が大きいので、浜田領内はもとより、津和野領・大森銀山領・芸州領・長州領に居住する人も、その盛儀を見物しに来た。

この大船に「石見丸」という船名を付けたかったのであるが、国名は一国全部を持つ大名の領下でなくては付けられなかった。それで、大坂港に乗り込む時に、船名がないとか、とてつもなく大きい巨船だとか言って大坂人が囃し立てたので、それならと「阿呆丸」と命名したのである。清助は浜田藩の回船御用を務めるので、藩の半紙・鉄・鋼などを積んで大坂と江戸とをたびたび往復した。

阿呆丸が出航した文政二（一八一九）年七月二十八日の夜半から翌日にかけて、紀州、四国方面は大荒れに荒れていた。そのため、満載していた御用の貨物は全部海中に沈み、

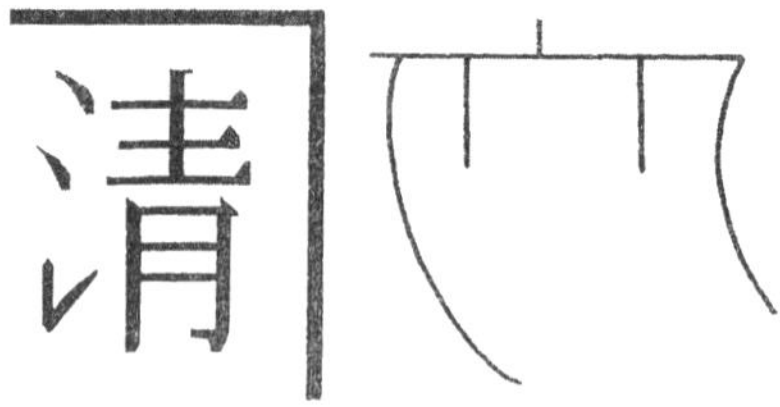

左は出シ。会津屋八右衛門は金清（金屋清右衛門）という異名をもっていた。帆の頭につける飾り物にこの金清のマークの飾り物を使っていた。
右は帆印。このマークは両天秤という。このマークを帆につけていた。

船は難破した。清助の実家では五十七人の乗組員は全員が海の藻屑と消えたと断定して、船出の七月二十八日を命日と定め、供養を怠らなかった。

清助の名は、文政三（一八二〇）年の五十歳の時に、宗門帳から消えてしまったのである。清助の女房の菊は、清助とは七歳違いで、男まさりで利かん気の女であって、実家は三代前から酒屋を運営していた。清助の名が宗門帳から消えてしまったので、二十一歳の長男の八右衛門が跡継ぎとなり、この船の遭難の跡始末一切をすることになった。沈没船は江戸藩邸へ届ける御用米と上納の砂鉄を多量に積んでいた。そのうえ五十六人という人間が死んでいるので、その償いをしなければならなかった。女房の菊は家財道具や金になる物を全て売り払って、金をかき集めてみたが、六千七百二十両しかできなかった。それをお目付役場へ差し出して、菊と八右衛門が額を土間に擦りつけて、哀願泣訴した。

「この金で藩に対する迷惑料と、亡くなった乗組員の遺族二百人が生活していけるための費用にしてほしい。もし足りないところがあったならば、寛大なお志でご処置していただきたい」

藩主の康任（やすとう）は、江戸在勤の身で家老の岡田頼母が代理として藩を牛耳っている。頼母は以前から会津屋には好意を持っており、菊の誠意も通じたので、家屋敷は没収にならずにすんだのであった。したがって、菊と八右衛門と、その弟の八百吉（やおきち）の三人の家族が路頭に迷うことはなかった。持ち船がないので回船業を継ぐわけにもいかず、雇われの船乗りとして八右衛門は、三人の生活を支えた。身代を投げ出して没落した家の後見人となったが、文政二（一八一九）年の五月に長浜の若松屋の娘・冴（さえ）と結婚していたので、その結婚式の後で父・清助が「大社へ詣（まい）って生涯仲良く暮らせるようにお願いしてこい」と言って、くれた五枚の小判が入った財布を父の形見として見るのが習慣になっていた。しかし、父親思いの八右衛門は、二十軒くらいの回船問屋が軒を並べた松原浦にある鰯（いわし）山という大岩に立ち、沖を眺めるのが日課になっており、いつか父が帰ってくると念じながら、外ノ浦（とのうら）に入ってくる他国船や、歌う声や太鼓の音がする外ノ浦にある茶屋料理屋を見ることを常としていた。

外ノ浦港と浜田の回船問屋

さてここで、八右衛門の家がある地区の様子を紹介したい。八右衛門の家は松原浦に面していて、近所には今津屋が三軒、岩国屋、平野屋、木屋、紀伊国屋、下府屋、大田屋、油屋、河内屋、ゆのつ屋という屋号の家がそれぞれ建ち並んでいた。また近くには福浦口番所、松原口番所、湊口番所、侍屋敷、心覚院が存立していて、書画・算術に長けて活動的な性格の八右衛門にとっては、この地区で生活をすることは性に合っていた。また、八右衛門の女房は長浜の若松屋の娘であり、若松屋の家の地区には、前田屋、上佐渡屋、富田屋、又野屋、中喜多屋、三隅屋、中上屋、大坂屋、丸盆屋、本地屋、今津屋、仲田屋、表田屋、亀屋、油屋、沢屋、岡本屋という屋号の家が建っていた。そして、訂心寺、天満宮、明清寺、心光寺、禅床院、神明宮、庄屋の斉藤家といった由緒ある神社仏閣や有力者の家に、取り囲まれるようにして長浜浦の居住形態が形成されていた。この地区の家屋は一つ一つ間隔をとって建築されているので、八右衛門の家がある密集地帯の松原浦地区よりも住みやすくなっていた。したがって八右衛門の女房が里帰りする時には、一緒に夫婦で長浜浦の実家に行き、八右衛門は英気を養っていた。なお回船の港として、外ノ浦・瀬戸ヶ島・長浜の三カ所が藩から指定されていて、特に外ノ浦は天然の地形を利用した良港として、浜田藩領内最大の物資の入荷・出荷の窓口としての機能を発揮していた。しかし、外ノ浦の山の松を伐採するようになったため、雨が降るたびに土砂が海に流入し、水深が浅くなっていった。そして、藩が赤字のために土砂を取り除く費用がなく、回船が出入りするたびに船底や楫（かじ）が海底に当たり、入港する回船が少なくなっていった。したがって、水深の深い瀬戸ヶ島や松原浦、浜田浦に船の入港の頻度が多くなり、この地区の回船問屋は繁盛するようになった。当然、八右衛門にも多くの仕事が舞い込んできて、見る見るうちに家が多忙を極めるようになった。そこで、八右衛門はよく仕事の合間に、

「よく働けば酒をおいしく飲めるし、健康にもよいから、この状態が長く続けばいいな」

と言って、五尺六寸（約百六十九センチ）の身長で、十八貫（約六十七キロ）の体重という上質の体格を縦横無尽に駆使して、精を出していた。

　なお、浜田の回船問屋は、特に長浜と松原浦の二カ所に分かれていた。日本海から湾入した長浜を中心に、浜田の港は大きく口を開いている。江戸時代になると、北前船が頻繁に寄港し、「長浜の港」と城を挟んで東側にある松原湾が賑わっていて、長浜と松原浦の二カ所に分かれて店が建っていた。しかし、北前航路に繋（つな）がりながら、その活気は下関ほ

どには盛況にはならなかった。したがって知識のある者からは、次のような陰口が叩かれるほどだったのである。

「三十六万石の大藩である長州藩では、下関に越荷方役所を設けて北前船が卸す荷物を転売し、また倉庫を建てて地代を稼ぎ、商人に金を貸してまで互いに利益を上げている。港の繁栄によって下関には豪商が犇めいて軒を連ねているんだ。それに引き替え、浜田藩では借金の工面に追われるばかりで、北前船を使って事業に乗り出せないでいる。まことに歯がゆい状態に思える。さらに歴史を繙くと、室町時代（一三三六年～一五七三年）に、石見国那賀郡周布郷の豪族の周布氏が海を隔てた国と浜田港とで、交易を営んでいた事実が『明国書』にも紹介されている。この『明国書』という書は『唐朝書』とも言い、李世民が三千六百枚の紙に著した書で、室町時代に明との貿易で足利将軍が重要視した書物として脚光を浴びていた。思うのには、藩には活気を取り戻し、他国・他藩と交易を盛り上げる力はあると思う。浜田藩はもう少し英知を結集して、努力をしてほしいと思う」

　こういう風評が飛び交っていた城下ではあった。

　ここで、回船問屋についての概要を説明したい。特に、積み荷の売買に関連して船主のために積み荷を集めたり、船主と契約を結んで積み荷を運送したりする運送取り次ぎ・取り扱いの役目を果たしていた。さらに、他の地域からの客船と契約を結んで、これを受け入れて積み荷の揚げ下ろしなどを行って口銭を得ることもあった。回船問屋は、積み荷の保管・管理、売買相手の斡旋・仲介、相場情報の収集・提供、船舶に関わる諸税の徴収、船具や各種の消耗品の販売など、その扱う分野は幅広いものがあった。また、回船問屋は必ずしも船を所有しているわけではなく、必要に応じて船主から船を借りて回船を仕立てることを専門にする者もいた。また、客船の船員に飲食を提供したり、泊める宿泊施設を提供する者もいた。

　ところで、八右衛門の所にはよく石見銀山とともに徳川幕府直轄の天領となり、陸・海・河川の交通の要所として栄えていた江の川の河口付近の郷田地区が、活況を呈しているという情報や風評が入ってきていた。この郷田地区には、陸路の山陰道が貫き、海路からの北前船、江川回船の船着き場として栄えていた。江川回船は、江津から三次までの百五十三キロの領域において、山陰と山陽とを結ぶ運輸の幹線交通であった。江の川を上る船は海産物、丸物（石見焼の陶器）、魚肥、塩などを乗せて内陸部へ運び、下る船は米、銑（ずくとも言って、中国山地は和鉄の生産地であった）、薪炭、木材などを搬出した。したがって郷田は江川回船と海路の北前船の中継地として利用され、往時には回船問屋が数十軒も建ち並び、港には四十～五十艘もの船が停泊していた。その混雑ぶりは、江津より西の浜田で入港を待つほどであった。浜田藩内の回船問屋よりも豪壮な建物が建っているという噂が、これだけの繁盛ぶりを呈している所であったので、当然、八右衛門の耳にも入ってきた。それが次の回船問屋の蔵屋敷であった。銑鉄を扱う回漕業を営んでいて、石州瓦の大屋根に煙出しが付いている藤田家の屋敷、また、基金や開墾に私財を投じた横田家の土塀や門の屋根にも堆く棟瓦を積んでいる屋敷、格子が美しい高原家の屋敷、玄関前や通用門前に御影石の石橋がある飯田家の屋敷、以上の屋敷の構造の詳しい状況が八右衛門の耳に齎されるたびに、羨ましく思い八右衛門は、知人や友人に、

「この浜田の松原浦界隈にも郷田に負けないほどの豪華な回船問屋の屋敷が建てばよいのだが。そうなるように仕事が多く入り、また、漁獲物を多く収受し、人々との交流・物資の往来が増えて、空前絶後の活況を呈するようになれば、この浜田も他国に負けない日本でも有数な商業地区になるのだが」

　と言って、これからの構想と目標を宣伝する様子がよく見かけられていた。そして、八右衛門は、全ての力をこの回船問屋としての仕事に傾注しようとしていた。また、回船問屋として隆盛を誇っていた横田家は、たたらによる製鉄事業にも力を入れていて、莫大な

富を蓄積（ちくせき）していた。特に、七代目の横田五左衛門美啓（よしひろ）は、享保の大飢饉（ききん）の頃に、郷田・嘉（か）久志（くし）・敬川沖浜の耕地造成と防風林を植える大事業に着手し、これを完成させた。この防風林の一部が五左衛門の松として有名で、この郷土の産業の発展に貢献している人物の評判の話が松原地区にも伝わってきて、八右衛門はよく次の話をしていた。

「自分の先祖にもこういう立派な人がいたなら、家系・親戚一同も発展し、高貴な回船問屋の家格を築いていたのにな。自分が先頭に立って人生上昇の気運と家の興隆に努めなければいけないな」

こういう話をした後は、溜め息をつきながら日々の生活に気概を投入していった。そんな矢先のことであった。

会津屋八右衛門の父清助が生還

突然、静かなこの松原浦界隈を驚かす現実の珍事象が招来したのである。死んだと思っていた清助が帰ってきたのである。会津屋の表口に、ぼろぼろの着物を着て、伸び放題の髭（ひげ）を蓄え、乞食のような老人が、腰を曲げて家の中を覗（のぞ）いていた。この姿を見た菊はぞっとしてこの老人を凝視して言った。

「お前さんは誰だい。何の用か言ってみなさい」

この言葉に即座にこの老人は答えた。

「私だよ、この家の主人の清助だよ」

男まさりの菊が、驚いて逃げようとするのを、

「おう、菊じゃないか。やっぱり菊だ」

と言って、清助は呼び止めた。この老人の声は聞き覚えのある声であり、菊は懐かしさで胸は高まり感激の涙を流すのであった。それからというもの大騒ぎとなり、松原浦はもちろんのこと城下一帯は清助の不可思議な帰宅で、噂が飛び交うこととなった。会津屋の家には清助の顔を見ようと城下から多くの人が集まり、さながら記者会見場のようになった。三年もの間、どうしていたのかという質問の矢が浴びせられたが、ひどく疲れていてどうにも要領を得ない説明に終始していた。とにかくわかったのは、海に放り出された清助が、板切れにつかまって奇跡的に嵐の中を生き抜いたという事実である。特に清助の実弟の油屋の七十郎と菊の実家の当主で、菊の弟である今津屋の長三郎は、一番近い身内ということで真剣に清助の体験談を聞こうとしていた。また、評判の美人として誉れ高く、

かねてからの約束で結婚し、互いに心を通わせて恋愛を貫いていた八右衛門の女房の冴が差し出したお茶を飲みながら、話を開始したのである。菊は開口一番発言した。

「他の乗組員はどうなったのですか」

この問いに、

「私は、大波と暗闇の中に投げ飛ばされ、一度は波に呑まれた。すると何か手に触れた物があったのでそれを掴むと、片手でしがみつき、片手で褌をほどいて体を縛りつけた。この板は後でわかったのだが、『阿呆丸』の船板だったのだよ。いつのまにか気を失い、気がついたら日が照りつけていたんだよ。やがて日が暮れると、星が光りだした。南の方へ流されていることがわかったのだが、夜が明け始めると目の前に島が浮かんでいたので、必死で泳いでその島に辿り着いたんだよ。その島には、羽根が黒く、嘴が赤い海鳥が生息していたんだ。この海鳥を捕獲して生肉のまま食べたら、なかなかおいしかった。また、山には葡萄に似た蔓草の実がなっており、これを食べると甘くておいしかった。ここで一考して、鳥も草の実も季節の産物と思い、乾し肉と乾し葡萄を多量に作り、鳥の皮に包んで岩穴の奥に蓄えることにしたんだ。それから半年もの間、船らしい影が見えないので、手製の船を作ることにしたんだよ。やがて船が完成したので食料を積み、鳥の皮で包み、出航の用意をしたんだ。水は、雨が降るたびに岩のくぼみに溜まった水を集めておき、それを鳥の皮袋に入れて船に積み込んだんだ。こういう不自由な身だから、乗り出した後は運まかせ、天まかせで船底に大の字で寝たんだよ。何日か過ぎた時、奇跡が起こり、遙か（はる）彼方（かなた）にオランダ船が見えたんだ。私は嬉しくて躍り上がって、皮の帆を抜いて振り回したんだ。すると先方も気がついたとみえ、こちらに寄って来たんだ。さっそく、そのオランダ船に乗り移ると、赤い着物をきた通訳のアンティオスがこの船は日本の長崎から、パッパという島へ行くところだ、また、来年は日本へ行くので、それまで乗っておけと言うんだよ。しかし、私はこのアンティオスの穏やかな表情と親切心に感動し、この男の前で寂しくなった時に歌った三子節（さんこぶし）という歌を披露したんだよ」と、清助は答えた。

この時、清助の実弟の七十郎が日本酒を差し出し、

「この酒を少しばかり飲んで、酔いが回ってきた時に、皆の前で歌ってくれないか」

と注文した。七十郎は、至って温厚な人物であり、若い頃に養子に出され町内の油屋を継いでいた。この清純な心の持ち主の七十郎は、清助にとっては他人に自慢できる頼りになる弟であった。そんな弟の願いとあって、清助は上機嫌で歌うことにした。この三子節は清助自身の作品であり、他国に乗りこむと乗組員に歌わせたものであった。また、石

州・雲州の砂鉄掘りが歌う祝い歌で、歌に合わせて踊り手が踊ったのである。清助は甲高い声で、この浜田で流行した名作を歌い始めた。

「乗合船での国自慢。江戸は東の都とて、町は八百八町あり。京都はさすが千年も、天子のおわす所ゆえ、由ある宮寺数多し。奈良も昔の都にて、名所旧跡と多き、中にも名高き大佛の、鼻の穴には笠が入る。そこで浜田の自慢には、西の方には千小路、東の端には五万堂、蛭子鼻には、アラサイサイ船が入る」

歌い終わると、人々の間からは拍手喝采が沸き、特に泉州の龍神丸の船頭の健吉の口笛の高さは場内の注目を集めた。この健吉という人物は、この外ノ浦港に立ち寄る船の船頭の中で、一番年が若くて気前がよく金遣いが荒かった。したがって外ノ浦に建ち並ぶ茶屋、料理屋の経営者は健吉の乗る龍神丸の寄港を喜び、スタイルの良い新設計の新造船である龍神丸の雄姿に惚れ込んでいたのであった。また、健吉は美貌の冴に恋愛感情を持っていたが、人の女房ということで船が着くたびに、用もない会津屋の店へ行き、挨拶だけして健吉と同い年の看板娘が働く料理屋「蛭子屋」に直行するのであった。この店の看板娘・お多津には愛嬌があり、賢明な女性であった。その上、冴にそっくりな顔立ちをしていたので、健吉は一目惚れをしてしまい、この店の一番の常連客になっていた。いつしか八右衛門と冴との仲立ちで、二人は付き合うようになり、健吉は船乗りとしての栄華の実感を満喫するようになっていた。この日は健吉の隣に居合わせて、清助の話を聞いていたお多津であったが、八右衛門はお多津や親しい隣近所の人たちを見るにつけ、清助が渡海禁制の外国から、外国の船に乗って長崎の港に帰ったばかりではなく、入国の手続きもせずに近くの浜に泳ぎ着き、裸同然の格好で浜田に逃げて帰ってきた事実が知れたら、お上からどんなお仕置きを受けるかと悩み、世間の声を恐れたのであった。このことによって、この日の清助の体験談の話は一時終了することになり、場内に居た人たちに詫(わ)びを入れ帰ってもらうことにしたのである。

清助と『ロビンソン漂流記』『ガリヴァー旅行記』

しかし、ここで八右衛門はふと思った。父清助が語った体験談は、今世界的に注目を集めているイギリスの小説家のダニエル・デフォーが刊行した『ロビンソン漂流記』やアイルランドの風刺作家のジョナサン・スウィフトが執筆した『ガリヴァー旅行記』の内容に、体験談の内容の論理と組み立てが酷似しているので、これらの本の読み過ぎかなとも思った。

清助は、所有していた神福丸や神徳丸に乗って、温泉津・仁万・大浦・美保関・尼瀬・佐渡・伊予の方へ、塩・遠田表（島根県美濃郡遠田で、藺草によって製造された畳表）・はぜの実・米・半紙・焼物などを積み荷したり、また、鉄・大豆・平子（特に関西・九州地方では真鰯の別名となっている）・あい物（塩魚類の総称。四十物ともいう）・紙などを売り荷したりしていたので、その作業中に海外の情報や知識に長けた人の話を聞いて、今回体験し

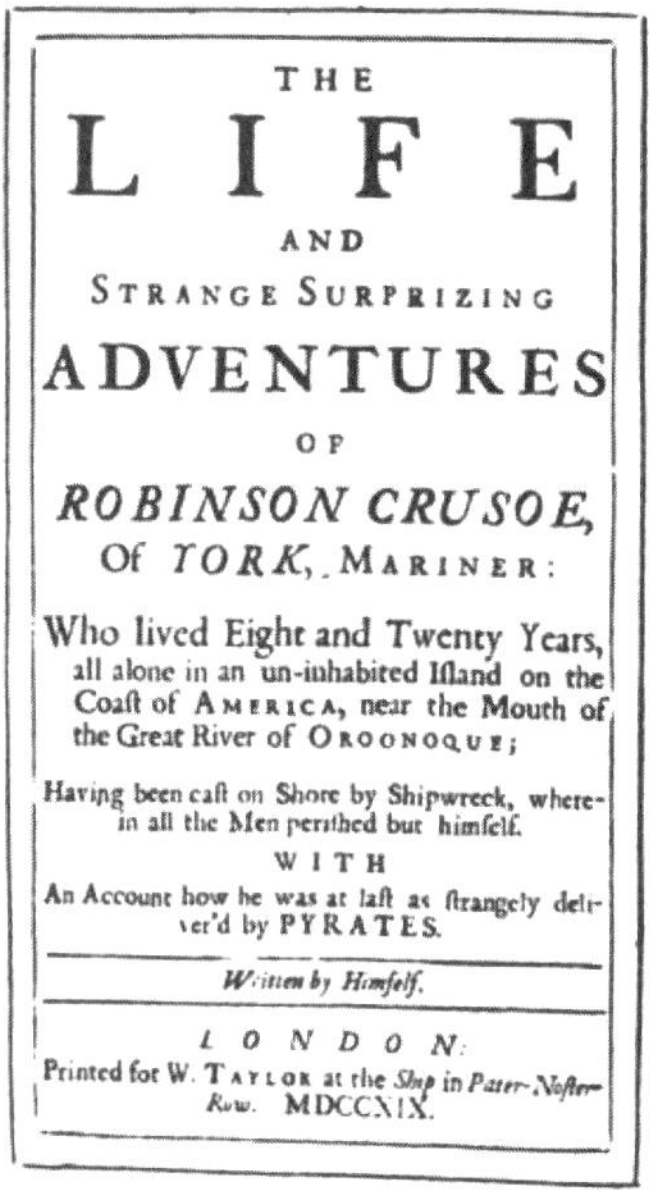

THE
LIFE
AND
STRANGE SURPRIZING
ADVENTURES
OF
ROBINSON CRUSOE,
Of YORK, MARINER:

Who lived Eight and Twenty Years, all alone in an un-inhabited Island on the Coast of AMERICA, near the Mouth of the Great River of OROONOQUE;

Having been cast on Shore by Shipwreck, wherein all the Men perished but himself.

WITH

An Account how he was at last as strangely deliver'd by PYRATES.

Written by Himself.

LONDON:

Printed for W. TAYLOR at the *Ship* in *Pater-Noster-Row*. MDCCXIX.

初版の『ロビンソン・クルーソーの生涯と奇しくも驚くべき冒険』の口絵と最初のページ（フリー百科事典「ウィキペディア」より）

た事柄にその知識を付け加えて語ったのかとも思った。しかし、あまりにも話の筋道が話題性を彷彿と惹起させる状態であったので、話の理解力に成熟している健吉に尋ねてみた。

「健吉さん、父が語った体験談は、どうも今海外で好評を博している漂流記や旅行記の内容の展開にそっくりなんだよ。ひょっとしたらそれらの本の内容を父が熟知していて、自らの体験に装飾を施したのではないかとも思うんだよ」

するとと、健吉は次のように答えた。

「そういった本が世界中を席捲しているとは初耳だ。どんな本か教えて下さいよ」

八右衛門は、健吉の真剣な表情に気持ちを引き締め、本の内容を具体的に説明することにした。

「まず、『ロビンソン漂流記』の方から説明します。この本は、第三部まで刊行されていて、第一部は享保四（一七一九）年に、〝ロビンソン・クルーソーの生涯と奇しくも驚くべき冒険〟という題名で刊行されたのです。中身は、ロビンソンの誕生から始まって船乗りになり、無人島に漂着し、独力で生活をする。ところが、この無人島には時々近隣の島の住民が上陸しており、捕虜の処刑および食人が行われていた。そこで、ロビンソンはその捕虜の一人を助け出し、フライデーと名付けて従僕にする。そして、二十八年間を島で過ごした後、帰国するという内容です。第一部が好調だったので、早速第二部が刊行された。これは、ロビンソンが再び航海に出て、以前暮らした無人島やインド・清などを訪れるという内容です。さらに、享保五（一七二〇）年にロビンソンの反省録と称する書が、第三部として刊行されました。実はこれから本題に入るのですが、このロビンソン・クルーソーという人物は、架空の人物であって、実際に無人島で生活をしたのは、グレートブリテン島の北部の三分の一を占めるスコットランド出身の航海長アレキサンダー・セルカークという人物なのです。彼は、延宝四（一六七六）年、スコットランドのファイフ、ロウアー・ラルゴ村で、靴屋・製革業者の息子として生まれました。若い頃の彼は、喧嘩早く乱暴で、教会における無作法な態度の廉（かど）で長老会議に召喚されましたが、彼は出頭せず、逃亡して船乗りになったのです。宝永元（一七〇四）年十月、航海長をしていたセルカークは、船長との争いが元で、マス・ア・ティエラ島に取り残されました。このマス・ア・ティエラ島は、チリの沖合約六百七十キロに浮かぶ全長約二十キロ・幅約五キロの島で、ファン・フェルナンデス諸島の中では最も大きな島であって、この諸島には他に、セルカーク島、サンタ・クララ島があります。この岩肌がむき出した地形の火山性の島であるマス・ア・ティエラ島でセルカークは、四年四カ月もの間、自給自足の生活をして、宝永六（一七〇九）年二月に海賊船に助け出されました。イギリスに戻ったセルカークの体験談は、正徳三（一七一三）年に出版され、その数年後にロビンソン・クルーソーの物語の出版が行われたのです」

この詳しい話に健吉は感動し、『ガリヴァー旅行記』についてもその本の内容を説明してくれるように懇願した。そして、健吉の要望に十分に応えようと、八右衛門は今まで培ってきた知識と博識を駆使して、身振り手振りも交えて説明し始めた。

「この『ガリヴァー旅行記』の題名は正式には、〝船医から始まり後に複数の船の船長となったレミュエル・ガリヴァーによる、世界の諸僻地への旅行記四篇〟です。この本もかなりの人気本で、イングランドの詩人ジョン・ゲイは、享保十一（一七二六）年にスウィフトに送った手紙の中で、『内閣評議会から子供部屋に至るまで、この本はあらゆる場所で読まれている』と、述べています。この本の特色は、刊行数年前に公開された『ロビンソン・クルーソー』の漂流記の方向性を継承している点です。この旅行記は四部構成で組み立てられており、政治学入門書の一つとして、法における判例上の対立、不死の追求、男性性、動物を含めた弱者の権利などの議論が予見されている最高の書物であります。また、今までに書かれた道徳と品行に対する風刺文学の中で、最も痛烈に真相を抉り出す技

初版の『ガリヴァー旅行記』の口絵と最初のページ（フリー百科事典「ウィキペディア」より）

術が優れている点に注目できるのです。それでは、この本の内容を紹介します。

　第一部の『リリパット国渡航記』は、常人の十二分の一ほどの身長しかない小人が、南インド洋にあるリリパット国とブレフスキュ国に住んでいました。イギリスの政治体制を表現している社会を作っているリリパット国とフランスの社会を表現させているブレフスキュ国が互いに争っていました。ガリヴァーはリリパット国に漂流して、リリパット国と共同でブレフスキュ国と交戦しますが、色々な企てでリリパット国の皇帝に殺害されることを知ったガリヴァーは、浜に打ち寄せられているボートを見付けて、イギリスに帰国します。

次に第二部の『ブロブディンナグ国渡航記』についてですが、ガリヴァーはあらゆる物が巨大な、巨人の王国ブロブディンナグ国に上陸します。この国の人々は体が大きいので、今やガリヴァーは小人です。ガリヴァーはサーカスの見世物のように連れられて回り、王妃に売り飛ばされます。王妃の歓待を受ける一方で、王妃付きの女官たちに性的な玩具扱いをされます。このブロブディンナグ国の国王もガリヴァーに関心を持ち、イギリスの社会、戦争、司法、金融制度に関わる事柄を、ガリヴァーから聞き出します。ガリヴァーはイギリスが実施している政策に批判を加え、火薬の製法を教示します。結局、領地への巡行の際に、遠洋で英国船に発見され、ガリヴァーは祖国へ帰ります。

そして次に第三部の『ラピュータ、バルニバービ、ラグナグ、グラブダブドリッブおよび日本への渡航記』についてですが、王立協会への痛烈な風刺と、さらにはニュートンへの皮肉が書かれています。漂流中のガリヴァーを助けた巨大な空飛ぶ島『ラピュータ』は、磁鉄鉱の豊富なバルニバービ国の領空を自由に移動します。バルニバービ国の全市民は科学者であって、人類に貢献できない科学知識は、無用の学問で、その追求に時間や資金を浪費するべきではないと風刺しています。その後、大きな島国であるラグナグ王国に着いたガリヴァーは、不死人間ストラルドブラグの話を聞かされ、日本の東端の港ザモスキに着きます。ガリヴァーは日本の皇帝に、オランダ人に課せられている踏絵の儀式を免除してほしいとの申し出をして、ラグナグ王の親書などの効果で了解されます。ガリヴァーはナンガサクまで護送され、オランダ船でイギリスに帰国します。

次に第四部の『フウイヌム国渡航記』についてですが、これは平和で非常に合理的な社会を持つ、高貴かつ知的な馬の種族に関して述べた物語です。馬の姿をした種族フウイヌムは、戦争をせず、また疫病や大きな悲嘆を持たず、種族的カースト制度を保持していた。この国にはヤフーと呼ばれる邪悪で汚らしい毛深い生き物がいましたが、ポルトガルの船長ペドロ・デ・メンデスの力で、ガリヴァーは救出されイギリスに帰国しました。メンデスは船の中に自室を用意してやったり、最高級の着物を与え、リスボンに帰った後はガリヴァーを自宅に滞在させました。

以上が作品の全てのあらすじですが、第一部と第二部が、享保五（一七二〇）年に書き上げられ、第四部が享保八（一七二三）年に、第三部が享保九（一七二四）年に書き上げられています。そして、享保十（一七二五）年八月に本書は完成し、享保二十（一七三五）年にアイルランドの出版業者ジョージ・フォークナーにより、三分冊の形で『ガリヴァー旅行記』が出版されました」

ここまで八右衛門が語ると、健吉は嬉しそうな表情を満面に浮かべて言った。

「八右衛門さんは、清助さんの気性を継いでいるだけあって、人との交流を第一の生活の規範としてきたから、色々な知識があるし物知りですね。清助さんも案外今の話を知っているから、半分は漂流記や旅行記を念頭に入れて語ったのかもしれないですね。しかし、面白い話で久しぶりに楽しませてもらったですよ。また、他にもいい話があったら聞きたいですね」

終始和やかな雰囲気が二人の間に漂っていたが、何か用事があったのか、健吉がこの場から離れて去っていった。八右衛門は何か重要なことが起これば、健吉に全て告白するのも良い方法だと思った。そうこうしている間に、健吉が戻って来て、八右衛門の近くに参上した。

なお、ロビンソン・クルーソーの物語はその後、カール・マルクスが『資本論』の中でロビンソンを引き合いに出して論じており、また、シルビオ・ゲゼルは、主要著書『自然的経済秩序』の中で独自のロビンソン・クルーソー物語を構築している。また、マックス・ウェーバーは『プロテスタンティズムの倫理と資本主義の精神』の中で、ロビンソン物語を取り上げ、プロテスタントの倫理観を読み取っている。また、日本でも幕末に、三人の英傑がオランダ訳書から、それぞれ『漂荒紀事』『魯敏遜漂行紀略』『魯敏遜全伝』という本で、邦訳をしている。さらに、同書はキリスト教書籍としても評価されている。こういう歴史的学術的に優れた作品と位置づけられているということを考えると、八右衛門の認識の鋭さには目を見張るものがあり、時代を先取した先見の明があると言えた。八右衛門の話は多岐に渡っていて説得力があり、父清助も実の子とはいえ、八右衛門の優秀さには舌を巻いたに違いない。なお、八右衛門は健吉の人格を信頼しており、健吉を呼んで今後のとるべき行動を聞いてみた。すると健吉は大声で言った。

「難破した船に乗っていた者が助かって帰ってくれば、誰でも一度は逆上するよ。絶対に清助さんは、用心したほうがいいと思いますよ」

この言葉を聞いた八右衛門は、母の菊と冴に、

「常日頃から家老筆頭の岡田頼母殿はひいきにしてくれている。したがって、御家老様の所へ行って真実を告白して、今後の会津屋の将来を保証してくれるように懇願しようと思う。すぐに羽織を出してくれ。小走りで行ってくるよ」

と言って、決意を固めた。

岡田家は三千石の一家老で、六万一千石の浜田藩においては、禄が多すぎるという評判があったが、頼母は寛政三（一七九一）年に父の文元が隠居したため、二十九歳の若さで家老職を担った。頼母は、文武両道に秀でている重臣で、本居宣長の門下生であった。国学を研究し、和歌を嗜み、書家としても一流の域に達していた。松原祇園神社の社司・江木宮内の娘・鍵子を奥方にしていたが、この鍵子は才色兼備で、書道に才能を発揮していた。なお、頼母は早くから正室を亡くし、鍵子を継室にしていた。会津屋が祇園神社の氏子だったという関係から、江木の仲立ちで、会津屋が家老邸に出入りすることを許され、公私にわたって頼母の支援を受けていたのである。なお、頼母は財政にも心を配り、理財的才能に優れた人材の登用を計った。頼母が選んだのは、橋本三兵衛という人物であった。三兵衛は、寛政三（一七九一）年に敬川の霊泉寺で和堂源令に学び、禅学を修めて得度し、同六（一七九四）年に京都東福寺に入山して二年間修行を積んだ後、同八（一七九六）年に寺門を脱出して親戚に身を寄せ、将来の方向を思案していた。ちょうどこの時、三兵衛を見込んだ頼母は、彼を勘定方に推挙した。三兵衛は奇想天外な意見を吐いたりもしたが、綿密な調査をして成算があり、頼母の期待に応えて敏腕を振るうこととなった。この二人が、後に発覚する密貿易の藩側の主役たちであった。

八右衛門は岡田邸へ急行し、門番に次のように言った。

「会津屋八右衛門でございます。御家老様にぜひ伝えなくてはならぬことがあって、参上いたしました。恐れ入りますが、お取り次ぎをお願いいします」

すると、用人の松浦仁右衛門（にえもん）が出てきて言った。

「八右衛門か。御家老様が直々にお会いして、話を聞こうとおっしゃっている。庭先に回りなさい」

奥書院の庭に案内され、行ってみると頼母が障子をあけて縁側に立っていた。

「どうしたのだ、八右衛門」

と、頼母が言うと、八右衛門は清助が話したことを全て伝えた。

「実は父が帰ってきたのです。父が言いますのには、海原を漂っているところを、通りかかったオランダ船に発見され、船に助け上げてくれた。父を乗せた船は、最初に『パッパ』という島に行った。この島の人間の髪は、日本人のような長いつやつやした髪でもなく、オランダ人のような大波を打った縮れ毛でもない。ただ生えたまま上に向かっており、褌のほかに何も着けていなかった。それから『スリ』という島の間の『スリの海』を通っ

会津屋八右衛門が使用していた燭台（浜田郷土資料館蔵）

たのだが、ここでオランダ船は海賊に襲われた。海賊船は大きくはなく、大将は船に残って指揮をし、部下がオランダ船に乗り込んできた。双方で格闘となり、死闘が繰り返されたが、そのうち大将がやられたとわかって、オランダ船に乗り込んでいた海賊たちは大慌てで逃げ出した。その後、オランダ船は『ヤワ』という大きな島に行った。そこにはオランダ人がたくさん住んでいて、長崎より賑やかな町があった。また、『ヤワ』の近くにある『相撲取ろう』という、これも大きな島へ行った。その他、「南瓜」「留守」「高砂」などあちこちを巡航して長崎に入港した。『ヤワ』という所は、川の底から燃える水が噴き出しており、『すもうとろう』というところでは、現地人に相撲を挑まれました。また、『南瓜』という国では、黒檀・白檀という香木や唐木を惜し気もなく焚き木に使っていたり、米一俵が三十文だということです。オランダ船が長崎の港外に着いて、まだ日本の水先案内人や奉行所の役人が来ないうちに、父は海に飛び込み、港近くの浜に泳ぎ着いた。なぜかと言うと、漂流人ということで長時間の取り調べを受けなければならないし、またキリシタンに染まってはいないかという面倒な取り調べを受けるので、船から逃げ出したのです。海に飛び込んで岸に泳ぎ着いてからは、褌ひとつの人足の恰好をして、浜田まで歩いて帰った。以上でございます」

この話を聞いた頼母は、

「間違いなく清助は発狂したのだ。さっそく、目付役場まで届け出るがよい。よいか、こう書くのだ」

と言い、一句一句思案しながら、八右衛門に届書の文章を口授した。

「回船御用相勤め候いし、私父清助儀、今日素裸にて立帰り申し候処、遭難之際、驚愕喪心仕候者と相見え、取留も無き事のみ申し候に付き、鎮魂の上、私同道出頭可仕候」

八右衛門愛用の椰子の実椀
（浜田郷土資料館蔵）

その後、八右衛門が帰ると、頼母は用人の松浦仁右衛門を呼び、

「橋本のところに行って、すぐに来るように言ってくれ。緊急の大事な相談があると申してくれ」

と言いつけた。

橋本というのは、藩の勘定方を務めている橋本三兵衛のことであって、さらに詳しく人物評価をすると、浜田領内敬川村の豪農・橋詰平右衛門の三男であり、資性豪放、細心の注意を欠かさず、奇抜な意見を提言したり、時には独創的な思考を怠らず空想で考えず、算盤が達者で和漢にも秀でており、誠意のある男であった。折から浜田藩は、打ち続く凶作のため極度の財政難に陥っていた。したがって三兵衛の腕の見せどころとなった。彼は百石の禄を受け、牛市に屋敷を構え、女房とその連れ子の三人で、豊かに暮らし、城下の人々からは親しまれていた。牛市の家から急行して岡田屋敷に入った三兵衛は、頼母と密会した。この頃の浜田領内は凶作続きで、飢え死にする者まで出ており、その上、火事のため城下の町家二百軒が全焼した。藩ではその復興に力の限りを傾けたが、藩主康任は老中の要職に就任し、意外な出費が必要となっていた。この事態を貧乏小藩では乗り切れるわけはなく、疲弊した領内の民衆にその責任を押し付けることはできなかった。三兵衛の姿を見た頼母は開口一番に言った。

「三兵衛、どうやら極度に悪化している財政を再建できる財源が見つかりそうだよ」

この言葉に三兵衛は、不審そうな顔付きで、

「それはいかなる方法でございましょうか」

と答えた。

「御朱印船が交易していた南洋に乗り出して、儲けるんだよ。私は、新井白石が著した『西洋紀聞』を読んだり、御朱印船や八幡船の話を聞いたことがある。それを通じて、南洋地方の知識と情報を知り得ていたのだが、この情報が架空の物語ではなく本物の事実として認識できたんだよ。三兵衛は、会津屋の清助を知っているだろう」

と頼母が言うと、三兵衛は答えた。

「私は勘定方をしている手前、庄屋・御用商人ら様々(さまざま)な人と付き合いがあります。この前も江戸に送る藩費の調達について、用部屋の中で関係者と会っていたら、清助についての話が出て、行方不明になっているがもう生存していないだろうと、少しばかり話題になったところです」

藩の有力者と八右衛門が密貿易の計画

三兵衛の話を聞いて、頼母は、笑顔を見せながら誇らしげに言った。

「それがこの前ひょっこりと浜田に帰ってきたんだよ。先刻、息子の八右衛門が来て、清助が南洋の諸島を見物して来たと言うのだ。清助が話した地名といい、産物といい、北風が暖かく南風が冷たいという気象情報などから推察すると、真実と思われる。ところが話の内容が奇想天外なことばかりで、例えば、呂宋（ルソン）のことを『るす』と呼び、家の中を見ても住民がいないから、『るすの島』だと言う。スマトラが『すもうとろう』で、現地人に相撲を申し込まれたと言う。これでは、浜田城下誰も信用しないし、無学な町人も家中全員も、逆上して頭が狂ったと思うに違いない。江戸幕府第三代将軍が実施した鎖国政策により、ずっと外国の情報は入ってこないから、無知の人々は狂人扱いするであろう。そこで、これから話すことが本題であるのだが、実は八右衛門を育てて南洋に乗り出そうと思うんだよ。三兵衛もこの計画に参加して、殿様への御奉公をしてくれないか」

　つまり、八右衛門を使って禁止されている密貿易を実行しようということであり、温厚な頼母の顔には悲壮な決意の表情が色濃く映し出されていた。そして三兵衛は考えた。何という恐ろしい計画であろうか。このことが実施されて発覚すれば、死罪は免れない。しかし、命を捨てて承知するのが武士道であり、上司への報恩の道である。さらには、藩主への忠義であり、頼母に重用されている部下としての役目である。熟慮思案の末、三兵衛は言った。

「承知しました。お引き受けいたします。私も船に乗って南洋の島に行ってみようと思います。会津屋もお家再興のため、回船御用を再開できるし、八右衛門の女房の冴の実家・若松屋には潤沢な資金が豊富にあるから、それを使って船を建造することができます。浜田藩内が活気づき、藩が盛り上がる絶好の良いチャンスです」

この言葉に頼母は喜び、労（ねぎら）うように言った。

「承知してくれたか。この計画についての費用は全部私が出そうと思う。そこで今後、この密談をする場合には、この屋敷では人目が多いので、私の別荘である牛市の蘇鉄屋敷か、黒川村の観流亭でしようと思う。よろしくお願いするぞ」

この日の談合はこの会話で終わったが、この密談が後に江戸幕府を震撼（しんかん）させた竹島事件の発端となったのである。さて八右衛門が家に帰ると、菊が、

「御家老様は、何とおっしゃったのかい。お父さんは疲れて無心に寝ているよ。お父さんの手柄話をしたのじゃないかって、近所の人も大勢集まっているよ」

と言った。これに対して八右衛門は、

「お父さんは狂気乱心の身だと言ったよ。乱心の届け出をしなさいと言われたよ。しかし、お父さんを見世物にすることだけはやめてほしいよな」

と言った。会津屋の玄関口には多くの人が立っており、八右衛門の姿を見ると、油屋の

七十郎が、

「兄さんはオランダ人がうようよしておった『ヤワ』という国では、毎日のようにあちこちに呼ばれて御馳走ぜめにあったり、オランダ語を少し覚えて帰ったとかいうので、羨ましい限りだよ」

と言った。しかし、八右衛門は玄関口に居合わせた人たちに向かって、

「皆の衆、今日は帰って下さい。親子水入らずで話したいこともあるし、皆さんが聞きたい『スリの海』での海賊退治という話は、後日、父からさせますよ。明日からのお楽しみということにして下さい」

と言った。すると全員無言のままで引き揚げていき、家の中は静かになった。多くの城下の人たちは、清助の帰りを好奇心を持って見守っていたが、中には不審を抱き訪問してくる者がいた。まず、三軒隣の岩国屋であった。この家は代々浦年寄を務めていた。町奉行からお墨付きが出ている役人宅である。清助乱心の旨を城内の奉行所に届けに行ったり、温厚な人物ではあったが、一日中、八右衛門の行動を注視して、会津屋を見張っていた。もう一人は下府から来た龍之進という男である。下手に応対すれば、威(おど)し道具の十手捕縄を懐からちらつかせて、高圧的態度に出ないとも限らなかった。そこでこの二人の姿を見

て、八右衛門は菊に言った。

「帰ってもらいましょうよ。当分はお父さんを誰にも会わすのではないと、役人衆も申しておるのだからね」

この親子の会話が外まで聞こえたのか、龍之進は玄関の戸を開けて、

「意味不明のことを言って私を追い返す気か」

と言って、双方で押し問答をするうちに、紋付羽織を着た侍が威風堂々と周囲を押しのけるように、会津家へ入ってきた。龍之進にとっては見覚えのない顔であったが、新規お抱えの役人衆と思い、逃げるようにして会津屋から立ち去った。この侍こそ橋本三兵衛であり、近くに居た岩国屋は、これ以上ここにいると三兵衛にも八右衛門にも無礼になると思い、機転をきかしてすぐに退散した。その後、三兵衛は、玄関口で菊に言った。

「清助さんは、三年間の放浪の旅の疲れが出てよく寝込んでおられますな。しかし、たいした人気ですな。これほど浜田城下の人の耳目を集め、話題の中心人物となるとは思っていませんでした」

この言葉に菊は恐縮して答えた。

「主人だけ無事に帰って来て、他の乗組員は未だに行方不明です。主人が帰って来たのは

嬉しいことですが、浜田城下の人様には申し訳ないことだと思っております。いつまでも喜んでおられませんし、この騒ぎも早く終わってほしいものだと思っております」

するとニ兵衛は、慰めるように優しく言った。

「何事も運命だ。清助さんに運があったのだ。今、江戸幕府は鎖国政策を推進している。日本国内の情報は知り得ても、外国の動向は全くわからない。このままでは日本は世界から取り残されていく。天下太平の世の中であっても外国の情勢を知っておかないといつかは日本は強国によって植民地化され、文化・文明の進展も望めない。清助さんはいい経験をして皆を勇気づける誉れ高い行動をしたのだ。岡田家老ともども感謝しているところだよ」

この三兵衛という男は、今では百石取りの侍ではあるが、農家の出身だけあって、物もわかれば、頭も腰も低い。威張らず謙虚なところが人気を呼んで、城下の人たちからは、旦那(だんな)さんと親しまれ、尊敬されているのである。この時のやりとりは会津屋に安心感を与え、有望な将来を開拓する励みとなったのであるが、三兵衛の心の中には、前代未聞の密貿易の実施という遠大な計画があり、この計画を描きながら接していたのである。

漂流者、清助の南洋見聞記

その後、三兵衛は清助と応対して、八右衛門が、岡田家老に会って説明した南洋の島の情勢を聞くことにした。清助は、三兵衛には特に印象に残った事実を話した。

「『パッパ』という島には、上に向かってふわふわした毛が頭に生えておる人がおり、体には褌（ふんどし）以外何も身に着けておらず、船がこの島に着くと、大勢で竹槍を持って押しかけて来ました。二人の乗組員が、真っ先に上陸すると、たちまち先住民に取り囲まれて見る見る間に槍でつき殺されたばかりか、先住民は全員でこの二人の肉を、生のままで食べたのです。このオランダ船の船頭は望遠鏡で陸の様子を見ていましたが、危険を察知したのか、早く出航しろと合図をしました。出航したのはよかったのですが、他に上陸した者が何人かいまして、一人残らず人食い先住民の餌食（えじき）になったのです。この島には宝があるという噂があったので、空しく引き揚げたことを乗組員たちは残念がっていました。人の心よりも、先に金銀が欲しいという心なのでしょうかね。それから数日経過して、遠方に大きな島が見えました。通訳が言うには、あの周辺は『スリの海』ということで、とんでもない大騒動が起こったのです。実は海賊が現れたのです。

南北朝時代から室町時代にかけて、南シナ海を荒しまくった倭寇とか、八幡大菩薩と書いた旗幟を立てて暴れ回ったバハン船の類ではなく、海賊の大将が南蛮人で、他に中国人、黒人の集まりでありました。この海賊船は見る見る我が船に近寄り、全員蝗のように飛び込んで来ました。我々の船には全員で四十五名乗組員がいましたが、人食い人種を見ればすぐにでも逃げ出す弱虫どもばっかりだったので、全員全く手出しはできませんでした。このままだったら、積み荷はもちろん船も掠奪されて、全員殺されると思い、私は、ここで日本男子の強さと腕前を見せようと思いました。すぐに通訳の部屋に行き、通訳が大事にしていた日本刀を持ち出しました。それから、いったん海中に飛び込み、裏手からこっそりと這い上がり、指図をしていた海賊の大将の背後から忍び寄りました。そして日本刀を相手の体を目がけて叩きつけ、二度目は賊の胸元を刺しました。賊は前へ倒れ、これを見た子分は恐怖のあまり、逃げるようにして帰って行きました。調子に乗ってたちまち二、三人斬り倒しました。そうすると形勢は逆転し、弱虫だった味方の乗組員が勢いづいて、賊を海中に追い込みました。こうして海賊たちを退治することができました。その後、海賊船を調べてみると、奇麗な女子が何人も出て来まして、通訳以下の頭分が愛人にすると言っていましたが、私にも一人ほど宛てがうよと言っていましたが、断りました。

その後、『ヤワ』という国に行きました。しかし、残念ながら船旅の疲れから発熱して、重体になりました。女子たちが看護をしてくれたので、間もなく快方に向かいましたが、残念なことに上陸はできませんでした。乗組員から聞いた話では、この島の住民は、袖（そで）の細い上着に短い袴（はかま）をはいているそうです。米が一年に二度も取れ、オランダの交易は、これからはこの国に限ると、通訳は言っていました。

次に行ったのが『すもうとろう』という国でした。この国の住民は、色が黒く体も大きい。力も強いが知恵が足りませんでした。私に相撲を取ろうと住民の一人が言ってきて対戦したのですが、規則も力も違うので、勝手がわかるまで負けました。とにかく腹と胸が土に付くまで試合をするのでやりづらかったのです。春分と秋分の日は、日影が見えず、春から秋にかけては日は南に寄り、秋から春にかけては日は北へ移るし、北風が吹けば春が来る。南風が吹けば秋になる。春が来ようが秋になろうが、男も女も年中真っ裸です。とにかくおかしな国でした。

その後『シャム』という国に行きました。昔、山田長政という人がいたせいか、同じ日本人でこの国の殿様になった人がいるということで、すごく持てました。そしてあちこち巡った後で、『るす』という国へ行きました。この国の『マネラ』というところに日本人の町があったので、さっそく案内人を雇って向かいました。とにかくこの国の港口には異国船が数十隻碇泊（ていはく）しており、川筋にも五、六百隻の大船が所狭しと入り込んでいました。案内人がこの国の王城を見せると言っていましたが、この申し出を断って日本人町があるという所へ行ってみると、日本人町は旧跡となっており、今では日本人は一人もいないということでした。しかし、私が今回遭難をしたおかげで、南方の島々へ行って得た経験は、すばらしいものがありました。それは商売上の知識と交易上の手法です。詳しく説明すると、日本から積み出すのには刀剣が一番よいのです。それも正宗や長船などの有名品ではなく、切れ味が良くて作りが立派な無名の新刀が、一本百両でも五百両でも売れるのです。また、銅器・漆器・蒔絵のごとき工芸品は、手の込んだものほど高く売れます。意外なのは、傘・扇子・蚊帳（かや）がすごい人気を博したのです。また、据え風呂が珍重され、日本でなら一両で買えるのを、三十五両で売り買いされていました。

それとは反対に、日本では唐木（からき）といって珍重される高価な紫檀（したん）・白檀（びゃくだん）・鉄刀木（たがやさん）などが、『シャム』では風呂の焚き木に使われています。また、銀一匁（もんめ）で白米を二斗四升も買えるから、四升しか買えない日本とでは大違いです。麝香（じゃこう）・伽羅（きゃら）・丁子（ちょうじ）など、日本ではめったに買えぬ高貴な香料は、金さえ出せばいくらでも手に入ります。だから賢いオランダ人は、日本で買った品を南方の島では、元値の二倍、三倍で売り、南方の島から運んでくる品は日本で十倍、二十倍として売って巨利を儲けるのです。鎖国で海外の情勢を知らない日本人を犠牲にして、巨万の富を築いて喜んでいるオランダ人を見て、私は何故、渡航禁止などと馬鹿馬鹿しい御法度を、江戸幕府は公布したのだろうかと、疑問に思いました。以上が、私が南方の島へ行って一番印象に残った経験であり、日本人に知っておいてほしい外国の情報です」

この話を聞いた三兵衛は、清助に諭すように労い（ねぎらい）の言葉をかけた。

「清助さん、実は今、逆上喪心のお届けを出しておいたから、人とは会わずに体を静養させて、もう一回大きな新造船を建造させる力を蓄えることを考えなさい。しかし清助さん、今の南方の島へ巡っての一部始終の話には、私も感動した。また、いい勉強になった。これからの人生計画の参考となり、藩の将来を決める素案の資料になるかもしれない」

そして、顔を紅潮させて清助の隣にいた八右衛門に、

「八右衛門さん、清助さんから渡海の術をよく聞いて、南洋の島へはどう行けばいいか、どのようにして戻ればよいかを研究しておいたほうがよい」

と言った。この言葉に八右衛門は、外国への渡航は禁じられており、もしこの天下の御

法度を犯せば死罪になるのは確実だというのに、どうして三兵衛がこの禁句を言うのか、不思議でならなかった。

清助が遺言として八右衛門に渡海術を伝授

オランダ船の甲板から海へ飛び込んで、役人の監視の目を盗み、遠い長崎から裸同然の姿で帰って来た清助であったが、一挙に疲れが出て、また、女房と子供の姿を見て、安心したのか、病に伏してしまった。風も吹かない小春日和のある日、死期を知ったのか八右衛門を呼んで遺言のような大事な話をし始めた。

「私は南方の島々を長い間回ってきたが、ただ南洋渡海の術を土産として習得して帰った。二代目の阿呆丸を造って海洋に乗り出す時、もし難破した場合に備えてその術を伝授しておく。渡海にはまず海地図が必要だ。海地図を手に入れたら、自分がいる所を見つける。そこが赤道の北か南かを調べる。そして北極から、また南極から何千里離れているかを計算する。天尺を用いて昼は日影を計り、夜は星尺を用いて北極星を測る。北極星が見えないところでは南十字星を計る。方位を決めるには羅針盤を用いて、船磁石も使う」

病床から力を込めて力説した。その他、季節風、海流、基礎的な知識を全て話し、一息ついて、長崎から浜田へ帰った陸路の全行程を話し続けた。こういう話を聞いていると、鎖国の御法度を犯してはいけないとわかっている八右衛門であったが、もし国の利益のために外国と交易するのであれば、なぜいけないのか理解できなくなった。キリシタンの邪宗門に染まらなければよいのだと自分に暗示するようになったのである。そして、渡海の術を伝授しようとした清助は、その夜、眠るように大往生を遂げたのである。この死を知って隣近所の者の中には、愉快でいい人だったと惜しんでくれる声を発する者もいたが、「阿呆丸」に乗って死んだ乗組員の祟(たた)りだと、陰口を叩(たた)く者もいた。結局、気狂いが死んで会津屋も安心したであろうと、他人の家の評価をして、中傷する者が一番多かったのである。しかし、さすがに会津屋の格は高く、百万石の加賀船に負けぬ巨船の「阿呆丸」を建造して、浜田藩の存在を国内に示したという雄姿にふさわしく、通夜には台所から玄関口までたくさんの客でごった返し、仏壇には赤々と灯明(とうみょう)が灯り、棺側には、家老筆頭の岡田頼母から贈られた白い蓮華の造花が供えられていた。

さて、この通夜の晩に突然訪ねて来た若者がいた。その男は外ノ浦(とのうら)港に龍神丸で入港すると、挨拶にくる船頭の健吉であった。健吉は八右衛門を見ると即座に言った。

「清助さんが逆上でも乱心でもないことは明白です。清助さんが助かったのは、運がよかったからであって、『阿呆丸』が沈んだのも清助さんのせいではありません。この浦方には乱心したとか、罰当たりだとか言っている者がいますが、そんなことは決してございません。船乗りの同業者として思うのですが、南方の島の実情を語った話は真実だと思います。もし命令を下すなら、いつでも南方の島へ行って真実だという証拠を掴んで帰って来ますよ」

この話を近くで聞いていた菊は、涙を流し袖口を目頭に当てた。

「もし御用がありましたら、何なりと申して下さい。お役に立てるようにします」

と言って、健吉は立ち去った。清助の一生は豪勢であったが、味気ない人生の幕引きであった。南方の島々の土産話をしたばかりに、気狂い扱いをされ、物笑いの種にされてしまった。八右衛門は、父の雪冤のために父の遺志を継いで、宝の島がある南洋へ乗り出し、父の名誉を回復し、藩のお役に立とうと、密かに計画を立てていた。知謀深慮の家老岡田頼母が部下の橋本三兵衛を使って、八右衛門をそういう行動をするように導いたからでもあるが、本来、彼の体内に流れていた、先祖代々の海で鍛えた豪快な血が動き出したからなのである。

なお、八右衛門の先祖は奥州会津の住人であって、九州の港町今津に落ち着き、船乗りとして浜田へ往復しているうち、浜田へ分かれ住む者は今津屋と名乗り、九州に住む者を浜田屋と呼ぶようになった。八右衛門の家が会津屋と名乗るのは、松原浦だけでも今津屋が四軒もあったので、祖先の地の会津を屋号にして、他の家族と区別したのである。また、八右衛門の体内には、先祖の会津魂と父の気魄（きはく）が潜在しており、思慮分別に富んでいたので穏やかな人物として衆目が一致していたのである。

ここで、八右衛門の父の清助が行った南方の島々である東南アジアの島々について詳しく述べたい。東南アジアとは、中国より南、バングラデシュよりも東のアジア地域を指し、インドシナ半島、マレー半島、インドネシア諸島、フィリピン諸島などを含んでいる。ミャンマーの一部を除き、南緯十度の北に位置し、平均気温摂氏二十五度以上で、大部分が熱帯である。夏には、熱帯特有の気象である急に降る雷雨・スコールの発生が多く見られる。湿潤熱帯に属する地区では、一年中降水量が多いが、大陸部やインドシナ半島ではモンスーンの影響を受けてサバナ気候となり、雨季と乾季が明白になっている。さて、東南アジアは、基本的に多くの民族が農耕民族である。ベトナムでは四千年ほど前から、またタイ王国の周辺でも紀元前三〇〇〇年頃には、農耕が始まっていた。カンボジアでも四世紀頃になると、東南アジア有数の稲作地帯となっていた。また、東南アジアは、中国とインドの交易ルートの中間地帯にあり、中継地点として古くから発展し、中国、ないしインドからの文化的影響下で、各地に独立国家を成立させて独自の歴史的発展を遂行させてきた。古代インド人は、この地を「黄金州」、ないしは「黄金の地」と呼び、また、中国人は「南海」と称していた。東南アジア地域の政治勢力は、中国南朝と交渉してきたが、六世紀の前半には、南シナ海、マレー半島、マラッカ海峡、ジャワ島、バリ島に国家が形成され、中国南朝と積極的に交流するようになった。しかし、中国人の東南アジア諸国に対する認識は、依然として島国または、大陸部沿岸の国家群という程度の見方でしかなかった。十九世紀になると、欧米列強による植民地化が進められた。支配体制としての形態は、「二重経済」「複合社会」「分割と間接支配」の三点であった。すなわち、近代資本主義経済と伝統的農業経済の併存への取り組みが、主要な目玉政策となっていた。

地域別に植民地化の特徴を見ていくと、インドネシアでは、特定の港湾や沿岸部などのみが支配されていたが、次第にイギリスとオランダが支配権競争を激化させていった。オランダ政府は、ジャワ島でサトウキビ、コーヒー、タバコなどを栽培させたが、現地の農民は搾取を支配層が行うので、各地で抵抗戦争が勃発した。次にフィリピンでは、スペイン人が中心となった大土地所有者の下で、小作農民が過酷な労働を強いられていたが、新興地主や知識人階級はこうした矛盾に反発し、民族主義運動を展開した。その後、エミリオ・アギナルドは、フィリピンの独立宣言を発表した。

次にタイでは、イギリスとフランスの侵略に悩まされるが、政治や教育などの近代化政策や巧みな外交の推進によって、独立を保った。次にシンガポールであるが、イギリスの貿易・軍事の拠点として繁栄し、また、マレー半島とボルネオ島にある諸王国は、イギリスの保護下に置かれた。このような植民地政策の遂行は、東南アジア世界にナショナリズムの精神を作り始めた。特に、インド文化と中国文化の影響は、東南アジア諸国を発展させる強い推進の原動力となった。

八右衛門、竹島（鬱陵島）へ渡航

ところで、ある日のこと、八右衛門が父の形身の古葛籠（つづら）を開けてみると、「阿呆丸」の遭難前に父が使っていた古い海図が十枚ばかり入っていた。いずれも粗雑な海岸線に、岬・港・海上から見える山々などを鳥瞰図（ちょうかんず）風に書き入れた木板刷りであった。清助がこれを頼りに遠い長崎に航海したり、江戸湾へ往復したであろうと思うと、ひとしお八右衛門には懐かしさが湧くのであった。すると、八右衛門は不思議な図面を見つけた。その図は、石州、長州の北岸から対馬の東をかすめ、朝鮮の東海岸に及ぶものであった。この図は朝鮮の形状がひどく杜撰であったが、北緯三十八度付近に、松島と竹島の二つの島が大きく明確に描かれていたのである。この二つの島は対馬からよりも、この図面には描かれていない隠岐の島に近いところにあった。松島は日本海の真ん中に浮かび、極めて小さかった。西の竹島は、朝鮮江原道の蔚珍から東に向かって四十里の海上に位置しており、面積も広く黒子ほどの于山島という属島がくっついていた。この島には朝鮮名で鬱陵島という字が書かれていたが、江原道と同じ黄色の顔料も、日本領の対馬と同じ桃色の顔料も塗られておらず、白抜きのままで藍色の海に取り残されていた。この図を見て八右衛門は、

「この島は色が付いていないから、どの国の領分でもない。これは見付けものだ」

と唸った。今頼りになるのは、積極的で行動力のある健吉しかいなかったので、すぐに健吉に相談するために、海沿いの道を外ノ浦へ急いだ。たまたま外ノ浦港に碇泊していた龍神丸に乗っていた健吉を見つけ、八右衛門は言った。

「健吉さん、龍神丸が明朝出航と聞いたので、あんたの船に伺ったのです。実は私を龍神丸に乗せてほしいのです。渡海禁制の御法度を破って南方の島へ行ってくれとは言いません。そうすれば、船は没収され乗組員は全員打ち首です。私が行ってみたいのはこの島ですよ」懐中から例の海図を取り出して見せながら、

「この、どの国の領分か色が塗られていない竹島に行ってほしいのです。主のいない無人島です。この島が確かにあるのか、どんな産物があるのか、住民がいるのか、それを見極めたいのです。おそらくこの竹島を往復すれば十日はかかるでしょう。物見遊山であり、父の供養のためということも兼ねているのです。それに健吉さん、ここで話をするよりも、お多津さんがいる小料理屋の蛭子屋へ行って思う存分語り明かしましょうよ」

と言った。健吉は現在、お多津と付き合っていたので、この進言に同意して蛭子屋に直行することとなった。蛭子屋に入るなりお多津は酒の道具を運んで来て、即座に開口一番八右衛門に言った。

「健吉さんとの仲を取り持って下さって感謝しています。冴さんは元気ですか。最近ちらっとお姿を見たのですけれど、お目出たいご様子ですね。もし元気なお子さんが誕生すれば、健吉さんと一緒に祝意を伝えに参ろうと打ち合わせをしているのです。今日はゆっ

くりしていって下さいね」

健吉とお多津が円満な交際を進行しているとあって、その仲立ちをした八右衛門夫妻には相当の謝意を持っているらしく、終始頬を赤く染めていた。蛭子屋での二人の会食は、楽しく和やかに進み、八右衛門の注文を健吉は了承したのであった。

その後、八右衛門夫妻には男子が誕生し、竹次郎と名付けられた。また、八右衛門が初めて竹島へ渡ったのは、文政七（一八二四）年の三月から四月の間であった。龍神丸での探検の結果、浜田から真北に五日かかって行くことができ、無住の孤島であった。島の周囲は九里（約三十五キロ）あり、海岸からは切りたった山が聳えていた。島には白檀の密林と桐の自然林が茂っていた。竹は直径一尺五寸もあり、磯には鮑が集まっていた。五百石積みの龍神丸でさえ、当たれば倒されるのかと心配するほどの鰤の大群が、島の周囲を泳いでいた。海岸には、人の住む気配のない風雨で朽ちた小屋らしいものが残っていた。数時間の上陸しかしなかったが、貴重な調査をしたのであった。

竹島（鬱陵島）の歴史

ここでこの竹島についてその歴史を述べたい。元和四（一六一八）年に伯耆国（今の鳥取県西部）米子の商人の大谷甚吉が越後からの帰途難破し、当時無人であった竹島に漂着し、この付近の海が鮑をはじめ漁獲物の豊富なのに目をつけた甚吉は、同じ米子の商人村川市兵衛と計り、幕府から竹島渡航の許可を受け同島を支配した。

元禄五（一六九二）年と翌年に同島に朝鮮漁民が来て鮑を採取しているのを発見し、両家から幕府に訴えが出されたので幕府は対島の宗氏を通じて日本領である竹島に、朝鮮漁民の出漁を禁止するよう交渉させたが、朝鮮側も同島が自国領であることを主張して譲らず、宗氏も日本領であることを証明する根拠がないと幕府に報告したため、幕府はついに元禄八（一六九五）年、竹島渡航の禁止を鳥取藩に通達したまま百二十年余が経過していたのである。

ある日のこと三兵衛は、自由に使い管理をしている頼母の別荘である牛市の蘇鉄屋敷に八右衛門を呼び、南洋貿易について考えを聞いた。この相談事について、会話がはずむ環境の中で八右衛門は思い切って持論を展開した。

「三兵衛殿、竹島には高価な香木の白檀や利用の広い桐の自然林が多く茂っており、また、海には海の幸がうようよ犇(ひしめ)いています。この島を利用すれば、産物の獲得によって藩の利益にもなれば、父の商売上の損亡(そんもう)の償いにもなります。その上、究極の目標である南洋交易の中継基地として活用できます。色々な地図を見ても我が国の領土として彩色を施したものはありません。たとえ日本の領土でなくても、異国の島でない以上、この島へ渡って特産物を取って帰っても、お咎(とが)めはないと思います。禁制の南洋渡海には基地が必要です。広い海の上で計画を実行しても気付く者は、世間にはいないでしょう。まず、竹島へ行く航路を開くのが急務であると考えます」

三兵衛は八右衛門の本心を聞いて驚き、自身の一存では返答ができないので、頼母に相談し、考えを聞くことにした。その翌日、三兵衛は登城の途中で岡田屋敷を訪ね、八右衛門の勇気ある発言を伝えた。この報告に頼母は答えた。

「ついに決断したか。宗対馬守殿(そうつしまのかみどの)に伺えば、竹島が朝鮮領か否かは判明するだろう。幸いにして、我が藩の松平亘(わたる)殿が宗家の重臣松村但馬(たじま)殿と懇意の仲なので、亘殿を訪ね添え書きをもらってきてくれ。藩の財政を再建するための重要な行動だから、亘殿は反対しないと思う」

松平亘（わたる）は六百石の家老で、江戸詰を経験した人物である。さらに念を押して話を続けた。

「三兵衛と松浦仁右衛門（にえもん）、それに八右衛門の三人で、対馬に渡ってもらいたい。宗家（そうけ）所蔵の書類全てを渉猟し、知識を吸収して老中の殿様に伺いを立てたいと思う」

竹島に渡るならば、宗対馬守のところに色々な記録が残っていると考え、よく調査した上で行動するようにと促した。その後、亘の添え書きを受け取った三人は、百石積みの荷船を仕立てて海を渡り、対馬の城下へ直行することになった。浜田と対馬とは海路七十里くらいで、朝方出航して翌朝の未明には到着したのである。運よく松村但馬（たじま）は在国しており、亘の添え書きを読んで、竹島については全てを話すが、なぜ調べるのか、その真意を聞いた。この言葉に三兵衛は、出発前から考えていた返答を吐露した。

「浜田藩の領民は主に漁業で生計を立てています。もし風雨のために、松島、竹島の両島に避難する場合には、どこの国の領土か知っておかなければいけません。幕府の御禁制がやかましい故、藩にも領民にも迷惑がかかってはなりません」

但馬はこの話を聞いて安心し、説明した。

「竹島は鬱陵島（うつりょうとう）とも申し、古来、日朝両国間で所属の係争が絶えぬ所でありました。私個人としては、日本の領土だと思います。新井白石の話を聞いても慶長時代（一五九六年〜一六一五年）の記録を見ても我が国の領土となっています。さらに、隠岐の漁民で移住した者もいました。慶長十八（一六一三）年に李睟光が著した百科事典である『朝鮮芝峰類説』という書物を見ても、日本領として明記してあります。しかし、係争が絶えない島ですので十分注意したほうがよいと思います」

この話に三兵衛は、文禄元（一五九二）年から慶長三（一五九八）年の間に朝鮮で起こった、豊臣秀吉の遠征軍と明および李氏朝鮮との間の戦争である「壬辰の乱」の時に藩祖が占領したこの島を、幕府の軟弱外交で朝鮮領になった悔しさを払拭するために、この島に進出してくれることを望んでの期待感があるようにも感じたのである。なお、松浦仁右衛門は対馬に渡るだけの行動でしか、この竹島事件には関与していない。その後、対馬から帰った八右衛門はさっそく願書を認めて、頼母に提出した。それは、古来の書物や朝鮮で出版された地図を見ても、竹島は朝鮮の領土として着色されたものはなく、産物は豊かで、この島の竹木を伐採して漁業を営めば、藩の利益となり、父が犯した御損亡を償うことができるし、会津屋再興のためになると思うという内容の願書であった。この願書の内容を許可してくれるようにと思った。そして、頼母は江戸在勤の松平康任に使者を送り、伺いを立てた。康任は、学問を好み進取の気性に富んだ人物であったが、この申し立てを却下した。その後、このことについて善後策を練るために、八右衛門と三兵衛と、頼母とその女婿である藩の年寄の松井図書が、牛市の蘇鉄屋敷の奥書院に参集した。この席上で頼母は、

「殿様からの返事は、竹島の渡海は重大事であるからよく調査した上で、行動しなさい。万一、異国品が大坂以東に来るようであっては大問題になるから却下するという内容でした」

と言った。この話に、この席上にいた者は、大坂以東に流入するからというのは公儀の目に留まってはいけないという意味だと解釈した。また、中国・朝鮮との交易で得た産物なら異国品とわかるが、竹島の産物ならお咎めをする判断はつかないと意見は一致した。

この考えに頼母は語気を荒らげて、

「日本の領土ではないから異国の領土だと、公儀で決まったらどうする。首が飛ぶぞ」

と言った。そして、すかさず前々から持っていた次善の策を語り始めた。

「八右衛門、竹島は日本領土か否か明確に判別できないのだから、この島から九十二キロ離れていて、隠岐島からは北西に約百五十七キロの位置にある松島へ航行するのはどうだ

ろうか。松島については明暦二（一六五六）年に渡航を許可しているし、松島が日本の領土であるのは明白な歴史的事実なんだ。私の習得した学識によれば、松島の古い名称として朝鮮が主張する于山島が、竹島の北東に隣接する竹嶼であることを示す記述が、朝鮮の文献にあるんだよ。竹島周辺を調査した役人が作った文化四（一八〇七）年の報告書の中に、竹島の北に于山島があって周囲は八百から千二百メートルで、南北は七百メートルに及ぶ細長い島であるとなっていて、この島が朝鮮の領土と主張する松島であることが濃厚なんだ。私は、経緯線を投影した刊行日本図として最も代表的な長久保赤水が作成した『改正日本輿地路程全図』を見たことがある。これは安永八（一七七九）年の作成なのだが、竹島と松島を的確に記載していて、見やすくなっているんだ。朝鮮が自国の領土と主張する松島は、于山島であり竹嶼なのだから、本当の松島は日本の領土その物なんだ。竹島に行かずに松島に行っても、良質の収穫物の確保はできるのだから、松島に向かって渡航したほうが良いと思うのだが」

この話を聞いた八右衛門は、松島の渡航には興味はなかったのだが、この島については、頼母がよく概要を知っていたので、念のために詳しく聞くことにした。

「御家老様は松島については、平素から学問探究に勤しんでおられますので、よくご存じのことと思います。松島についての全ての知識をご伝授して下さいませ」

　この要望に頼母は、知っていること全てを語ろうとした。「それでは知っている全てのことを説明し、詳しく話したいと思う。まず、この島は、西島・東島という二つの島で構成されており、数十の岩礁で取り囲まれているんだ。この二つの主島は、海面から屹立(きつりつ)した峻険な火山島で、幅約百メートルの水道を隔てて東西に相対しているんだ。面積は全ての島嶼(とうしょ)を合わせても、二百平方キロメートルほどしかないんだよ。西島は、それでも海抜が百五十七メートルで円錐(えんすい)状をしているのに対し、東島はそれよりも低い。周辺海域は対馬暖流と北からのリマン寒流の接点になっていて、魚介藻類の種類や数量は極めて豊富で、アシカ猟もできるんだ。しかし、全島には一本の立木もなく、飲料水は溜まり水に頼るしかないんだよ。平地と言えば、ただ東島の南端にわずかにあり、その島の頂上に少しばかり平坦な所があるくらいなんだ」

　このわかりやすい話で松島の特質と特色を知った八右衛門であったが、すでに竹島の魅力に惑わされていたため、竹島渡航への執着は消えなかった。しかし、頼母は八右衛門に安全策を選択するようにと、松島渡航を強く勧めた。また、この島の周囲は断崖絶壁で、船を寄せつけない様相を呈しているが、島の周辺の漁場は極めて良好だということを強調して、八右衛門の気を引き付けようとした。さらに、知識の豊富さを見せつけるために、気が高ぶり高揚した口調で、頼母は八右衛門に言った。

「松島が日本の領土だと明示して制作している本格的な書物は、私が知っている限りでは、三種類あるんだよ。まず一つ目としては、寛文七（一六六七）年に雲州藩士の斎藤某によって作られた『隠州視聴合紀』なんだよ。この書物は彼が藩命を受けて、隠岐を具に巡視して回り、農民・漁民と商工業者から逸話を集め、村落や古寺の伝説を筆記した労作なんだ。

二つ目としては、文化元（一八〇四）年に近藤守重が、苦心の末に作成した『辺要分界図考』で、三つ目としては、文政六（一八二三）年に完成した『隠岐古記集』なんだ。私としては、この三種類の書物を見る限り、松島は日本の領土だと断定できるから、是非とも松島方面に行ってもらいたいと思う」

とにかく、頼母は全力を挙げて自分の真意を八右衛門に理解してもらおうとした。しかし八右衛門は、

「お国のために行動して罰せられるのなら本望です。たとえ死罪を言い渡されても結構です」

と頭を下げ、返答した。この言葉に感動した頼母は、

「それほど熱心に思うのなら私は黙許をして、応援してあげよう。詳しいことは、三兵衛と図書に相談をしなさい。全て深謀知略であり、展開を有利に導く囲碁の布石と同様の考えで、この大事を成就してほしい」

と言って、竹島の渡航を認めた。しかし、ここで八右衛門は豊富な知識を駆使して、これから実行する密貿易を正当化する持論を展開しようと思った。すでに竹島の渡航を承知した頼母に自信に満ちた口調で語った。

「御家老様、今まで色々な人から話を聞いたり、また、文献で専門的知識を吸収して、勉強してきました。そこで培った学識を手段として浅学非才の身でありながら、私なりの持論を披露させていただきます。密貿易というのは、財政難に悩む諸藩が、藩が主導して公然と行っているようです。例えば、対馬藩は朝鮮と交易を行っており、対馬からは銀・銅・みょうばんを輸出し、朝鮮から生糸と朝鮮人参を輸入しています。また、松前藩とアイヌとの間の交易では、松前は米・酒・漆器・鉄製品を輸出し、昆布・さけ・にしんなどの海産物を輸入しています。そして、薩摩藩と琉球王国との間の交易では、薩摩は銀を輸出し、生糸・清（中国）産の絹織物・黒砂糖を輸入しています。また、現在幕府が承認し

ている唯一の密貿易では、長崎と清（中国）・オランダとの関係が挙げられます。長崎は銀・銅・海産物を輸出し、生糸・絹織物・蘇木・香木・綿織物・毛織物・獣皮・獣角を輸入して、しかも、長崎は幕府直轄ということだけあって、長崎郊外に清の商人の居住地である唐人屋敷が建造されています。この地区では役人と商人以外の立ち入りを禁止し、密貿易上の全ての取り引きをしています。また、長崎港内にある出島にはオランダ商館が建っていて、ここにポルトガル人を移住させたりしています。幕府は海外の諸情勢を知りたいために、オランダ人にオランダ風説書を提出することを義務付けています。とにかく、対馬と薩摩は農産物が育ちにくいので、貿易によって藩が活性化されています。

また、オランダはスペインに支配されており、宗教的弾圧を受けているので、国内ではキリスト教を布教できないので、アジアに進出してプロテスタントの布教をしようと思っています。したがって、今の日本では狭い領域と少数の当事者間ではありますが、相互に潤うように貿易が行われています。そこで、今までの貿易の歴史を垣間見ると、新井白石や徳川吉宗らの歴代の幕府首脳は、たびたび禁令を発布して取り締まりを強化していましたが、密貿易は続けられてきています。今の日本の封建制度下では、金山の開発・新田の開拓・海外貿易というのが、諸大名の富を増やし、国力を高める方法だからです」

ここまで語ると、頼母は驚いた表情で、切々と持論を展開する八右衛門に、労をねぎらうように諭した。

「八右衛門、この密貿易を実行する主体者として、その理由付けを探し、よく幕府のことや他藩の現状を研究したものだ。私にも参考になることが多くあるよ。さあ、このまま今日は八右衛門の演説でも聞くとするか。八右衛門、話を続けてくれないか」

この頼母の温かい励ましの言葉に、一挙に本題に入ろうと感情が高ぶり、荒々しくまくし立てるように、八右衛門は話し始めた。

「私は特に対馬藩に対して注目し、対馬と朝鮮との貿易に関して興味を持っています。対馬藩の城下町は対馬国府中にあります。金石屋形と桟原屋形という居城があり、領地は対馬国無高・肥前基肄・養父郡で一万石でしたが、その後、肥前松浦郡・筑前怡土郡・下野安蘇および都賀の二万石を加増されています。また、対馬国は無高とあるように、江戸幕府からは表向き米がとれないという形で認められています。だから、今の時代の大名の格式を表す際に使われる石高で算出すると、この藩の主は十万石以上の格となります。また、この藩には、他藩と同様に江戸に上屋敷などの藩邸、京都と大坂に藩邸と蔵屋敷を構えています。その他に、蔵屋敷は博多、壱岐勝本、長崎にもあり、対馬藩独自の施設として、日朝外交の貿易拠点である釜山の倭館があります。対馬藩の概要はこういったことですが、この鎖国をしている時に、対馬藩だけが朝鮮人参の素晴らしさを知って輸入をし続けている点に着目しているのです。どうして幕府は見て見ぬふりをしているのかわかりません。

さらに、朝鮮通信使の医員に江戸幕府の医官が、直接会って、高麗人参を栽培する方法や製造する方法を聞いています。今の日本では高麗人参の薬効に対する関心が高いのですが、日本の風土に合わず栽培できません。しかも、高麗人参の栽培方法は朝鮮の国家機密ですので、朝鮮との貿易に頼るしか入手はできないのです。そして、幕府は朝鮮の社会・経済・文化について知りたいために、三百人から五百人規模の朝鮮通信使を招き、接待するために幕府の一年間の予算の四分の一に相当する百万両が費やされています。それに朝鮮通信使との意思疎通のために、朝鮮語教材が売られたりもしています。なお、朝鮮通信使の宿舎の前は、先進技術や学問について教示してもらいたい日本人で込み合っています。このように、この鎖国政策を強力に推進している幕府が、一方では自分の都合でこの政策を無視して、巨万の富と人気を得ようとする行動をしています。また、一部の藩にはその藩の歴史的経緯から、密貿易を黙認しています。私はこの事実を知った時、不愉快でたまりませんでした。そこで御家老様、もしこの密貿易が発覚したならば、こういう幕府が行っている鎖国政策の矛盾な点と曖昧さを指摘し、問題な点を直談判によって虚を衝こうと思っています。最終的に今回の密貿易の正当性を、色々と有利になる理由を吐露して、認めさせて、相手方にこの行動を承服させせようと思っています」

この話を聞いた頼母は、一貫性があり迫力が込められた論理的な話の内容に感激し、八右衛門に言った。

「八右衛門、よく日本の貿易について研究して調査をしたね。これだけの知識と見識があれば、誰と論戦を展開しようが負けることはないだろう。極めて頼もしい限りだ。話がおもしろくて痛快だった。とにかくここまで心の準備をして、果敢な行動力を発揮しようと考えているのだから、思う存分やってほしいと思う。くれぐれも健康には気をつけて、ますます健脚を誇り、美技を見せることができる人物になってくれ。成功を祈っているよ」

この頼母からの最高の誉め言葉を聞いて、八右衛門は得意満面に行動を開始することにした。

さてここで、この竹島事件が企てられた時の浜田藩主だった松平康任と、浜田藩の幹部だった松井図書の横顔を紹介してみたい。まず康任についてであるが、康任は文化五（一八〇八）年六月に藩主に就任し、寺社奉行となる文化十四（一八一七）年まで、毎年参勤交代をした。文化九（一八一二）年に奏者番となり、寺社奉行・大坂城代・京都所司代・老中職へと栄進の道を闊歩した。そして天保五（一八三四）年には老中勝手掛、後に老中首座へと上り詰めた。この康任の栄進に呼応するように上ってきた水野忠邦と両輪で、徳川幕府政権を牛耳っていた。

この頃は周防守家は絶頂期であったが、民政にも力を注いでいた。文化七（一八一〇）年十月の浜田浦より出火の時には、一戸当たり銭九百九十文、一人当たり米五升を給付したり、文政元（一八一八）年の凶作では、米百六十四俵を藩より拠出し、以後五年間にわたって備荒貯穀を実施している。しかし、天保七（一八三六）に出石藩の仙石家の内紛に巻き込まれ、その責任をとるかたちで、周防守を改め下野守と名乗り、奥州棚倉へ所替えを命ぜられた。しかも、この事件と前後して竹島事件が発覚し、康任に永久蟄居が命令された。

さて、この康任の老中首座へと躍進した原動力であるが、二代前の浜田藩主であった松平康福が掴んだ、周防守家として初めての中央政権進出の活躍に起因していると思われる。時の権力者田沼意次と親しい間柄だった康福は、意次の実施した積極的な経済政策を支えていた老中の一人として、その政治思想が浜田藩政にも影響しており、それを継いだ康任の英明さのある藩主ぶりは、浜田藩の高貴的存在を全国に知らしめていた。

次に松井図書（ずしょ）について述べたい。松井家は、家老に次ぐ年寄から中老格の家柄で藩の重臣であった。図書は、頼母より四十歳も年下であり、頼母からは主席家老と年寄という役職を超えた信頼関係を寄せられており、それなりに深謀遠慮をめぐらす人だったと伝えられている。松井家は通称を半五郎または図書と名乗る人が多い。先祖は、主家松平周防守家と親戚関係にある家筋である。図書は後に、竹島事件に関与したとして、天保七（一八三六）年六月二十一日に幕府から江戸へ出頭命令を受け、この事件の責任をとって、同二十九日に頼母と相前後して自宅で切腹をした。藩では年寄役を務めていた。

ところで、八右衛門が、五十石積みの船に松原浦の漁師を乗せ、竹島へ乗り出したのは夏の初めであったが、七日七晩あれば行って帰れた。この新造船は工費を藩が立て替え、十分な利益が出てから八右衛門が買い取ることになり、「会清丸」と命名された。初めての竹島への渡海から帰った八右衛門の船が松原浦に入港した時には、港から城下にかけて大勢の群衆でごった返していた。直径三尺もある桐の丸材が海中に転げて、それを舟子が陸へ押し上げたり、一本二十両にもなる白檀という香木を多数陸揚げしたり、大きな鮑（あわび）を抱えて運んだりされている光景を見て、多くの見物人が歓喜した。生まれて間もない竹次郎を背負っている冴も、油屋へ養子に出ている叔父の七十郎も、菊の弟の今津屋の長三郎もこの八右衛門の勇姿に感激して、会津屋の家の座敷で酒が入った一斗樽を置いて八右衛門の帰りを待っていた。この騒ぎを知った健吉と恋愛中の蛭子（えびす）屋のお多津も駆けつけて、会津屋宅は賑わっていた。入港からしばらくたって帰宅した八右衛門は皆の前で言った。

「この大漁の状況は死んだ親父の霊魂がつくりあげたものと思います。これからお父さんの墓へ挨拶に行き、この豊漁を報告します。帰ってからこの大漁の祝杯をあげましょう」

　この八右衛門の行動に全員から拍手喝采が沸き起こった。その後、何日か経って、八右衛門が、高価な材木や、輪切りにしたならば、そのまま手盥（てだらい）に使えるという大きな竹を竹島から持ち帰り、領主に献上したという噂が方々（ほうぼう）に伝わると、城下の者や羽ぶりのよい船問屋の主人たちが、続々と八右衛門宅を訪ねて来た。皆が竹島の位置を聞いたが、八右衛門はこの渡航の真の計略を知られないようにするために答えなかった。なお、八右衛門は最初の渡海の時には秘密を守るために、なるべく他国の者を雇っていた。この中に小豆島出身の平右衛門という男がいた。この男が家宝にしていた伊予松山藩の青地林宗（あおちりんそう）訳の『輿地誌略』を借りて勉強した。そして、二度目の渡海は翌年の三月の下旬に行い、多くの材木を積んで帰って五百両の収益を上げ、丸ごと五百両もの運上金を役所へ納めた。なお、三度目の渡海から帰った頃には、領内の同業者の間で、

「会津屋は御禁止の法度を破って朝鮮へ密航している」

という噂が飛び交ったので、三兵衛から、

「御内所の方も少からず潤いはしたが、少しは自重してくれ」

という忠告があった。この提言に、崇高な野望と賢明な眼力を持っている八右衛門は、領内の主だった問屋衆を仲間に抱き込んで竹島を見せれば、口外もできず噂が立っても打ち消してくれると考えた。四度目の渡海の時には、そのために江津の五島屋の船に、釜屋と今津屋ら問屋衆三人を乗せて、出航した。竹島に着いて四十日間、木を伐採し、漁夫は鮑（あわび）を捕り、鰤（ぶり）を釣って塩漬けにした。八右衛門は三人の問屋衆と一緒に、船を回して海岸を一周したり、火縄銃を担いで歩いてみた。船着き場から一里ほど歩くと人家が二、三軒あったので、中を調べてみると、みな空家であった。その上、隠岐か雲州あたりの漁師が出稼ぎに来ている様子が、垣間見られた。この様子から竹島は日本領であると、この四人は確信した。

この渡航の体験から五島屋と釜屋は、八右衛門の行動は正当だと断定し、これから渡航

する時には船と金を出そうと約束した。その後の八右衛門の活躍は素晴らしく、役所へは多くの運上金を納め、会津屋は繁昌した。頼母は会津屋の功績は大きいと認めて、藩の御用問屋に取り立てた。

なお、ここで竹島渡海で、大きく貢献した平右衛門という人物について述べたい。八右衛門は以前大坂港で時々出会った平右衛門という、小豆島出身の船乗りを便乗させた。秘密を守るためになるべく他国の者を雇うことにしたからである。この平右衛門が居住している小豆島は、淡路島につぐ瀬戸内海第二の大きさの島である。内海交通の極めて重要な島であり、幕府直轄領となっていた。島の大部分は奇峰の目立つ山地で、米はあまり作れず、畑を持つ農民と出入りの多い海岸線を利用して漁業を営む漁民が住んでいた。その他に少しばかりの船乗りがいた。彼らは自分で船を持ち回船業を営むのではなく、北前船・菱垣回船・樽回船・糸荷回船などを使った業務を行う海洋技術者の集団であった。平右衛門の家は低い丘の上にあり、さほど裕福とは思えない造りであった。彼の部屋には古びた格式のある床の間があって、甲冑・陣太刀などが飾られていた。

この小豆島には、平右衛門の家を中心にして、二、三十軒の家が点在していて、この一族が一つの集落を形成していた。平右衛門が了解すれば、一団となって船に乗り込んでくるし、かつて動かした船を難破させたことがないという利点に目をつけて、竹島渡海に誘ったのである。また、家宝である御朱印船の時代の海路図を大切にして持っており、竹島周辺ならびに、南洋の海域の知識を習得していたので、八右衛門は重宝したのである。

ところで、八右衛門は次の段階として、大坂から江戸に乗り出すことにした。文政十一（一八二八）年、新造船に産物の鉄と紙を積み込み、収益金を入れる千両箱を持って大坂に行った。市場を開拓するために問屋衆を招待して宴会を開き、取引先を獲得した。

八右衛門、渡辺崋山に渡海術を学ぶ

その後、江戸に向かい、三州田原の藩主・三宅土佐守康直の御用人を務めていた渡辺崋山に会うことになった。手土産にとお国名物の二束の半紙を風呂敷包みにして持ちながら、三宅土佐守所有の田原邸だった立派な屋敷に行き、門番に崋山のことを聞いた。すると崋山の長屋はすぐにわかった。崋山に会う目的は南方の様子を詳しく知りたいということであった。崋山の家はあまり広くなく、玄関から上がるとすぐ右手が主人の書斎で、八畳と四畳半の二間が続き、どちらにも和漢洋の書物が山と積まれていた。床の間にはオランダ船の図が飾られ、万国地図の掛軸が掛けられていた。その裾には書物が積まれていた。崋山は、この時三十七、八歳であった。一万二千石の石高の三州田原藩内に生まれた崋山の家は、格式は家老格で百石四人扶持の役料が支給される生活であった。家族は多く父は病身だった。崋山は漢学を学び書家として独立していた。三十一歳の時に同藩の和田家から十七歳になったたか子を妻に貰ったが、この頃から洋学に心を傾け始めていた。国防のためには、まず外国を知り外国以上の実力を蓄えなければならないと考え、洋学を学習することにしたのである。この頃、崋山の同志の高野長英は、長崎に留学し、ドイツの医学博士フォン・シーボルトを師と仰いで、博物・地理・歴史・法制・経済とあらゆる洋学を習得して、師のシーボルトからドクターの称号を授けられていた。この時代は長崎における蘭学の最高潮期で、有名な吉野権之助も塾を開いて、数十人の子弟を養成していた。長英は学んだことを手紙に書き、江戸にいる友人の崋山に送って励ましていたのである。かくして崋山と八右衛門は面会し、八右衛門は詳しく思うこと全てを話すことにした。

「私の父は清助と申しまして、御家老の岡田頼母様の御贔屓にあずかっていた船乗りでした。父の船が難破して漂流し、オランダ船に救助され南方の島々を回って帰ってきたことを、父は生前話していました。世間では父のことを発狂しただの法螺吹きだのと言って、笑っています。『スリの海』だとか『すもうとろう』だのという地があると言っていましたが、その真偽のほどを聞きに来ました」

この話に崋山は、

「頼母殿は本居先生の門人で好学の人だと聞いている。また、南方の島については私はよく知っているので説明しよう」

と言って、返答をして、立ち上がって棒の先で掛図を差し示して説明した。

「これが長崎だ。ここから真っすぐに南に下って少し東に寄ると、『パプア』がある。これから西に寄ると『スルー海』、この島が『スマトラ島』だ。この島を清助さんは『すもうとろう』と洒落（しゃれ）たのだと思う」

そして、押し入れの中から二、三冊の写本を取り出して八右衛門に見せた。その一冊は、西川忠英が元禄年間（一六八八年〜一七〇四年）に出版した『華夷通商考』であった。中を開くと、中国・朝鮮から台湾・インドその他の国々の里程や気候、風土、産物などが挿し絵入りで解説してあった。別の一冊は、正徳五（一七一五）年に出版された新井白石の『西洋紀聞』であった。

「この西川は長崎にいた通訳で、『西洋紀聞』のほうは、大隅国（おおすみのくに）（鹿児島県）に上陸したイタリア人の話を新井先生が、一言一句書き留めたものだ。貸すから読んでみなさい」

と崋山は言った。八右衛門が熱心に崋山の話を聞き、南方に渡海してみようという意気込みを感じたので、崋山は渡海術について解説し始めた。

「昔、倭寇の時代には、五十石積みの帆前船でこの南洋を乗り切った。何しろ日本で一番早く発達したのは、天文学と数理学だ。この二つの学問を習得しておけば、天竺（インド）へでもオランダへでも渡れるんだよ」

と言って、寛政十（一七九八）年に通詞の志筑忠雄が翻訳した『暦象新書』の写本を取り出してきて見せた。熱意のこもった説明で、八右衛門の頭の中には崋山の書斎で見た壁の掛地図と、『華夷通商考』の中に書いてあった、南方の各港の里程とが明確に焼きつけられていた。八右衛門は忘れぬうちにと、持っていた懐紙へその里程を書き留めたのである。その後、船に乗って江戸湾を後にして、伊豆沖を迂回し、遠州灘を乗り切り、数日後に浜田に帰った。船上では、崋山の所で瞥見した天文書を思い浮かべ、空を仰いで数々の星座を見ながら、南洋渡海の決心を固めたのである。浜田に帰った八右衛門は、さっそく三兵衛を訪ねて、

「今回、江戸に参りました折、三州田原の御家中・渡辺崋山と申す方に会いまして、親父

が言ったことを全て話しましたところ、何から何まで理に適っていることがわかりました。親父の遺言通り、呂宋（ルソン）・天竺（てんじく）と直接交易すれば、藩の収益はもちろんのこと、財政改革の口火にもなろうかと思います。つまり竹島への渡海は碁で言う捨て石であって、それを足場にして南洋の島々にまで足を伸ばそうと思うのです。この計画に三兵衛殿、支援していただけないでしょうか」

と、真剣な表情をして言った。この後、三兵衛は城下外れの黒川村にある、岡田家の別荘である観流亭へ出かけて行った。別荘の縁側には、主人の頼母と愛婿の図書が、月を眺めていたが三兵衛が来たので、座敷に上がらせ話を聞いた。三兵衛は、

「御家老様、八右衛門は崋山に会ったり、崋山宅で天文地理の書物を見たり、地図の控えもとって帰ったようです。今こそ長崎へ行かせて、日本でも一番進歩している卓越した学問と知識を吸収させ、習得させたほうが得策だと思います」

と言った。この話に頼母は、戸棚から手提（てさ）げの金箱を取り出して、

「この中に入っている金で土産を買って来いと言ってくれ」

と言って、ずっしりと重い金包みを三兵衛の手に差し出し、長崎へ行かせるための暗黙の命令を下した。

さて、オランダ商館の青年医官で二十八歳のフィリップ・フランツ・フォン・シーボルトが、長崎に着任したのは文政六（一八二三）年の夏であった。彼は純然たるドイツ人で、医学・博物・理学・経済学に造詣があり、人格的にも高邁であったので広く市民の信望を集め、診察を求める者、彼から学ぼうとする者が門前市を形成する盛況ぶりであった。当時の長崎奉行でさえも、出島の居留地から彼が市中を自由に往来することを黙認していた。その頃、出島へ通う丸山女郎の中でも特に人気があった、引田屋の十七歳のお瀧と恋に落ち、お稲という娘まで生まれたので、郊外の鳴瀧に三千坪の土地を買って家を建て、楽しい家庭をつくった。それが後年、全国の俊才を集めた鳴瀧塾になった。文政から明治にかけて、高名な医者と言えば鳴瀧塾出身がほとんどであった。したがって、八右衛門が三兵衛の取り計らいで、長崎へ出航せよと指示があった時には、シーボルトに会って天文航海の術を聞き、もし会えない時には、崋山の親友の高野長英を掴まえて、航海用の磁石や天測鏡を買い求める相談相手にしようと当てにすることを考えていた。ところが実際に行ってみると、大問題が起こっていた。長崎港を襲った台風が、碇泊中のオランダ船を沈没させた。沈没船から流れ出た荷物の中に国禁の伊能忠敬（いのうただたか）の『日本沿海測量図』の謄写の紙や、その他色々な国禁の品物が現れたのである。この品物の扱いに関係したシーボルトや、その門弟の中で主だった人たちが取り調べを受けることになった。

一方、高野長英は、事件が起こる前に父が死んで江戸へ向かったので、連座は免れた。したがってシーボルトにも長英にも会えなかったが、航海の土産として最近のオランダ船が使用している、実測図に平仮名を打った航海地図や、天体観測用の日尺・星尺・星の図などの天文道具、羅針盤・磁石針・測深用の鉛錘などを買って帰ったのである。これらの道具が揃ったので、オランダ船の航海術と崋山が持っていた天文書を思い出して航行すれば、天竺にでも最低は行けるだろうと、八右衛門は考えた。

ところで、父の清助が阿呆丸の親骨を据えつけた動木の浜の造船場で、新たにあまり大きくない船を建造中であった。八右衛門は黙々と図面を引き、船大工に交じって船底の仕事に没頭していた。八右衛門の新造船は、長さ四丈七尺、胴の幅二丈、深さ七尺の二重底で、五百石の船であった。二重になっている船底に物置きが設けられてあったり、舳先があがって矢倉が大きかったりして、外見上は普通の五百石船とは形が違っていた。甲板には立派な厚板を張り詰めて、隙間には樹脂と木皮を練って詰め、外側には漆を塗って、金と神経を使った船であった。用材は益田の匹見川上流の天然杉を使い、内部の作り付けには竹島産の桐板を使った。

北前船の歴史と概要

ここで新造船の原形の船である北前船について説明したい。北前船とは、自己資金を使って商品を購入し、それを遠隔の港へ運び販売し、その差額に利益を見出す（みいだ）という買い積み商船であった。北前船と言うのは、こうした商業形態を呼ぶ名称の船で、北前船という特別の船型は存在しなかった。

当初は近江商人が主導権を握っていたが、後に船主が主体となって貿易を行うようになった。上りと言うのは対馬海流に抗して、北陸以北の日本海沿岸諸港から下関を経由して瀬戸内海の大坂に向かう航路である。下りはこの逆である。上りは西回り航路という通称でも知られ、航路は後に蝦夷（えぞ）地にまで延長された。

江戸時代に北前船として運用された船は、初めは北国船と呼ばれる漕走・帆走兼用の和船であったが、十八世紀中期以降、菱垣回船などの標準的な弁才船に対し、学術上では日本海系として区別される独自の改良が進んだ。日本海系弁才船の特徴として、船首・船尾のそりが強いこと、根棚（かじき）と呼ばれる舷（げん）側最下部の板が厚いこと、梁（はり）部材のうちで、中船梁・下船梁が統合されていることなどが挙げられる。こういった改良により、構造を簡素

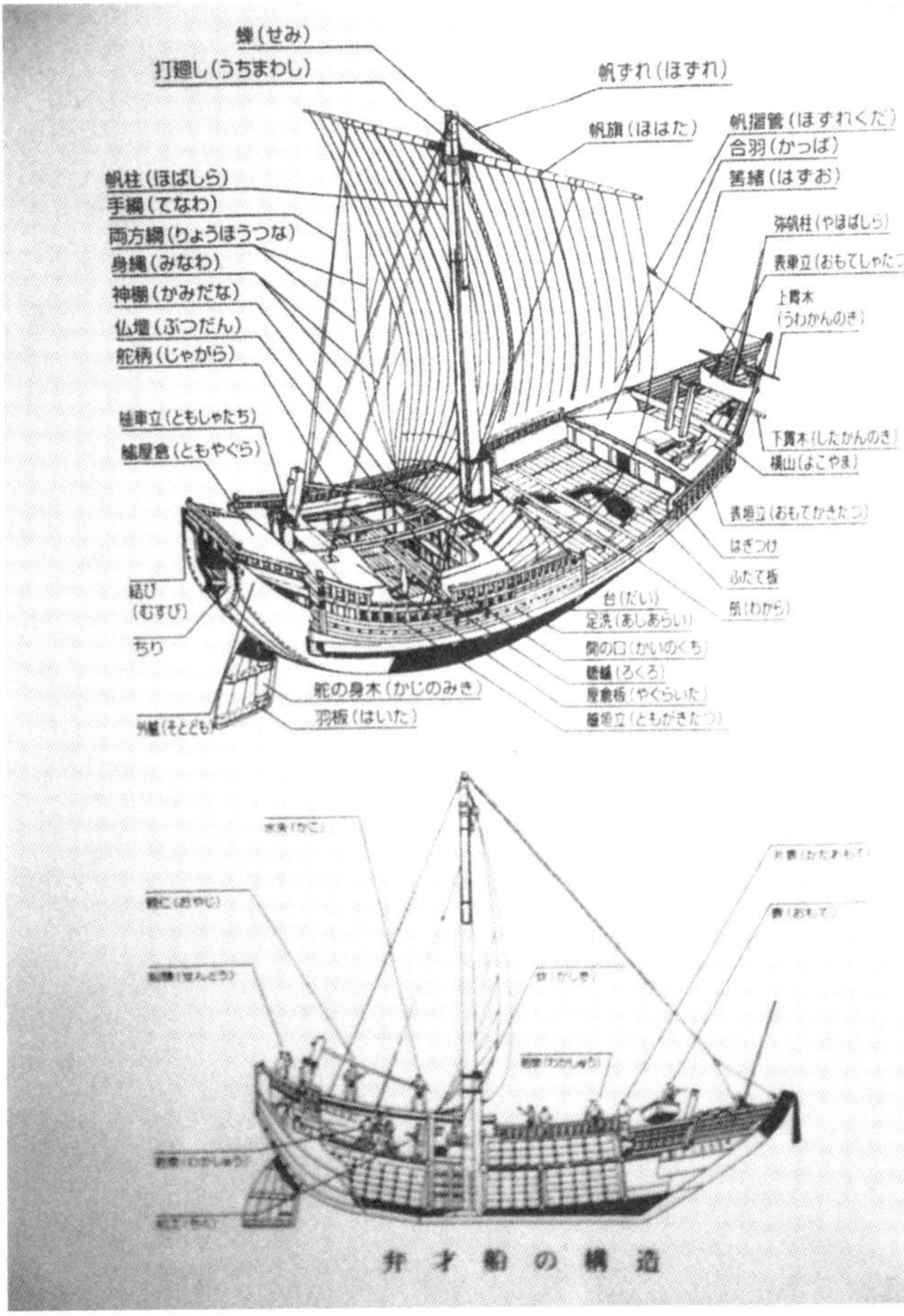

弁才船の構造(浜田郷土資料館蔵)

化させつつ船体強度は通常の弁才船よりも高かった。通常は年に一航海であった。寄港地には見張り役人を置き、途中の要所には毎夜薪の火を上げて船からの目標とさせていた。

なお、北前船が運んだ文化として、次の事象があった。一つ目として、輪島の漆器が中世以降の伝統工芸品として、東北地方に運ばれた。二つ目として、蝦夷屏風（びょうぶ）とアイヌの厚子（あっし）（織物）が、北海道の人情と風俗を本州の人たちに紹介する資料として運ばれた。三つ目として、越前の笏谷石（しゃくだにいし）と瀬戸の御影石が、敷石・玉垣・鳥居に用いられた。四つ目として、船乗りたちによって民謡が運ばれた。例えば、「江差追分」の源流は信州追分峠の馬子歌である。また、違った側面からみても北前船の往来は色々な地域に多くの影響を与えた。一つは農村の生産力の増加である。積み荷の中には、冬の間の農閑期を利用した副業による物があった。それらの需要が高まるにつれて、その商品が優先的効率的に生産された。二つ目は造船基地が発生したということから、港地が船修理、船建造の作業を任されるようになったことである。したがって、寄港地周辺では言葉・食文化などをはじめとする生活に関する文化の革命も起こり始めた。また、北前船の標準の大きさは、六百石積みであるが実質は八百石近く積むことができた。こういった北前船の歴史と概要を八右衛門は色々な人から見聞して知っていたので、新造船を造る時には良き参考資料となっていた。父の清助が所有していた神徳丸は十六人乗りで、浜田藩領最大の船であったという自負感もあったので、とにかく建造に関しては熱中したのであった。したがって、建造中にはいつも周囲の職人に、

「日本一の船を造って、日本一の大航海に出るんだ。そして、日本一の素晴らしい体験を満喫できる船にと完成させようぜ」

と言って、発奮させていた。そして、八右衛門の周囲はいつも和やかな雰囲気が漂っていた。

さて、起工してから半年たったある日、この造船場に小舟を乗りつけて、龍神丸の健吉がやって来た。そして八右衛門を見ると、嬉しそうな顔をして言った。

「八右衛門さん、お多津からの便りで親方の新造船が、間もなく完成すると知りました。私は一年前に龍神丸を下りました。と言うのは、ちょうど一年前に航行中に瀬戸内海で恐ろしい凪を食らいまして、風待ちをしようと伊予領の大三島に上陸したのです。この島のある漁村に行くと、昔、西南シナ海を乗り回したバハン船の子孫がいたので、その人から海の武勇伝を聞かされました。それ以来、南の海に乗り出して南の島々や唐天竺の方に、航海してみたいと思うようになりました。異国の海を風にまかせて乗り回し、公儀の御法

度(と)であるけれども、日本の領海を離れることを夢見るようになったのです」

この健吉の話に八右衛門は、この南洋渡海の大冒険にこんな好男子を巻き添えにはしたくないが、こんな相棒がいたら、長い航海も楽しく未知の海上で起こるであろう危険と困難を乗り越えることができると思い、健吉にこの船に乗って南洋渡海に参加してくれるように促した。すると健吉は言った。

「私の聞いた話では、昔のバハン船は、百石から始まって千石どまり、つまり五百石の船というのが渡海にも海戦にも有利に使えたということです。この新造船を見ると、水切りに漆(うるし)を塗って、柄(がら)にもない帆柱を立て、船底を二重にする設計にしている。まさに遠方へ航海するための船の姿だというのが明確にわかります。私は決心しました。八右衛門さんとは主従の関係を結んで、私を思う存分使って下さい」

この健吉の真意と申し出を聞いた八右衛門は、

「蛭子屋で酒でも一緒に飲もうと言いたいところだが、今日は私の家で冴の手料理でも食べて、お多津さんを呼んでバハン船の話をしたり、南洋渡海の話を相互にしたりして、ゆっくり飲もうよ」

と、顔に満面の笑みを浮かべて、健吉に言った。なお、すでにこの時、八右衛門が健吉と龍神丸に乗って、竹島の偵察に行った年に生まれた長男の竹次郎は、もう六歳になっていた。お菊は五十歳、八右衛門は三十三歳、蛭子屋のお多津は、冴より一つ年上の二十六歳になっていた。蛭子屋は年々繁昌しているのにもかかわらず、碁道楽の養父は碁敵を探して店を留守にするので、お多津は使用人の指図・帳場のきりもり・店の運営を、一人で行っていた。また、健吉という恋人がいるのにもかかわらず、縁談も多数舞い込んでおり、これに反発するようにお多津が健吉を慕う気持ちはますます強くなっていった。とにかく健吉はこの頃、蛭子屋を覗くことよりも動木の造船場に詰め切っていた。そして、八右衛門や健吉が乗る新造船を建造する動きを知った城下の人たちは、

「清助さんが造った船は日本一の大船で、津和野・大森銀山・芸州・長州の領内から多くの見物客が参集したのに、今度の新造船は阿呆丸が難破したことを教訓にして、沈みにくい小さな船を造っているから、極秘にしていて、あまり騒ぎが起こらないね」

という評価を下して、その噂で持ち切りだった。その後、新造船が完成し、八右衛門の発案で、船場の者や乗組員、町内の人々を集めて、蛭子屋で完成式の祝宴を行うことになった。八右衛門と健吉は嬉しさのあまり、お互いに、

「酒は飲み放題、肴は食べ放題、金は使い放題でやろうよ」

と言って、二人は一緒にお多津がいる蛭子屋に行って、宴会の計画を打ち明けた。その後、宴会が行われ、その席上で、

「船名はどうしようか。江津の仁助が舵取、松原浦の楠市が帆の掛け役、健吉が沖船頭、八右衛門が船主という役目でいこうか」

という話が、飛び交った。この宴会は盛況を極め、この年の九月上旬に船出をすることになった。船には、新米、陶器、紙、海産物などが多数積み荷され、まず大坂の倉屋敷に行って上納米を届け、そこから七十五里もある遠州灘を乗り切って江戸に向かう計画が立案され、帰る途中で長崎に行ったり、竹島を回るかもしれないということも企画された。風の都合で、たとえ半年、一年かかろうと土産はたくさん持って帰るのだと、八右衛門は乗組員に伝え、半年分の給料に金一封を添えて、前渡しをした。なお、この小料理屋は、多くの人で活況を呈して、先代の清助が作った三子節を全員で歌い、船出を祝う喜びを素直に分かち合った。この後、八右衛門は参加していた三兵衛と一緒に、城下外れの丘にある岡田家老の別荘観流亭に、頼母を訪ねて船出の挨拶をしに行った。応対した頼母は、祝いの印として細長い桐箱を、八右衛門に与えた。さて、家に帰ってこの桐箱を開けてみると、画家の松村景文が某法眼の真筆を模写した、船霊明神の書幅が入っていた。景文の書

幅は女体であった。この船霊には、船首には「観世音菩薩」、船尾には「大日如来」、帆柱には「地蔵菩薩」、碇(いかり)には「普賢菩薩」を描いていた。この書幅は新船の胴の間の正面に飾った。さて浜田から出航して、大坂に寄って江戸に着くまで、別に変わった話は出ず、会津屋所有の新船は計画通り、水切りも風受けも調子がよく働き、快速で航行した。江戸での荷役が終わっても、江戸の久松町にある刀屋で切れ味の良い新刀を多数買い、大坂に帰ると、銅器や蒔絵や扇子、金屏風などをどっさり買って荷倉に詰め込んだ。この行為を不思議に思った舵取役の仁助は、八右衛門に問うた。

「親方、こんな高価な物を買ってどうするのです。今、浜田は不景気で宝の持ち腐れになりますよ」

この質問に対して八右衛門は、「売れなければ土産にするだけだよ。乞うご期待というわけだよ」

と言って、冗談を叩いていたが、この会話を側で聞いていた健吉は、どうしてこういう行動をするのか、大体見当がついていたので、心の中で密かにほくそ笑んでいた。

八右衛門、鎖国の禁を破り南洋へ

かくしてその後、船は長崎に着いて八右衛門は一人で上陸して、多くの酒の四斗樽を買い込み、荷積みをした。そして乗組員たちが上陸した間に、米俵・味噌桶・薪を船に詰め込んだ。どう考えても普通の荷役ではなかったが、八右衛門の策略は決まっており、この行動を見ていた健吉は、傍観視していた。出島沖には、真っ黒なオランダ船と紅と黄色の吹き流しを帆柱につけた南京船と黄色旗を揚げて碇泊している福州船が、各一隻ずつその雄姿を見せていた。その後、何日か経って会津屋の船は出航した。出航して間もなく、番船が追いかけて来て、御禁制の品物を積んでいないか八右衛門に聞いたが、

「この船は、石州浜田の松平周防守様の御用船です。お咎めを受ける物は積んでいません」

と返答をして、じろじろと船体を見ていた役人を凝視した。番船が離れると、快速で航行して港口へ向かった。やがて伊王島が見え、ここで浜田に帰るのなら面舵を西北にとるというのに、南西にとって走り始めた。仁助は八右衛門の指示が怪しいと思いながらも、この命令に従った。その後、五島列島の富江島が見え、その後女島の前を通過することに

した。八右衛門は、ここで海面を覗いて、真っ黒な潮流が北方に走っているのを確認し、北風も吹いていたので、真南に向かって航行することにした。すると左手に、長崎から五十里も西南に離れている男女群島（だんじょぐんとう）の主島の女島が見え始めた。風は北から南へと吹き、潮は南から北へと矢よりも速く流れていた。船は揺れ動き、瀬を割って進んで行った。意を決したように、八右衛門は胴の間に乗組員を集めて、重大な話をするための行動をとった。そして全員が揃ってから話をし始めた。

「長崎を出発してから全員気付いていると思うが、この妙な方角に走っているのは、天竺（てんじく）へ向かうつもりだからです。皆さんの給料も先払いで半年分を家族の人には支払っているし、『たとえ半年、一年と帰らなくても、心配しないで下さい』と、家族の人には伝えています。皆さんもご承知の通り、異国への渡海は天下の御法度で、この御法度を犯してまで動き出すのには強い考えがあるのです。それを打ち明けます。

私が渡海を考えたのは、死んだ親父の話を聞いて、南洋には宝の島があるから、そこへ出かけてみたいと思い立ったからです。オランダやイギリス、ポルトガルという国がわざわざ出かけて来るのに、日本が何もせずに眺めてばかりしていてはいけません。その上、自由に出入国しているオランダ商人からは甘い汁を吸われている現状であります。今こそ日本の代表として行動する時です。オランダ船が持ち込む織物や麝香（じゃこう）、伽羅（きゃら）、唐木は、全て唐天竺の産物です。私は江戸の渡辺崋山先生のところで、新井白石先生の『西洋紀聞』という書物を見ました。その本の中に、スマトラには金が出てオランダ人が採掘をするとか、呂宋（ルソン）島には銀山があって、中国人と日本人の子孫と、この国の先住民とが一緒になって採掘をしていると紹介されています。さらにこの本には、日本の東南にある島からは金と銀が多量に出ると書かれてありました。この本の内容の真偽を崋山先生に尋ねると、南洋方面で活躍した人から直接聞いて書かれたものだから本当だと断言されました。私が天下の法度を犯してまで南方の海に乗り出したいのは、私利私欲のためではなく、日本のため、また藩主様のお役に立ちたいためであって、この渡海で収益があれば多くの分け前が皆さんに転がり込んでくるというものです。この話の趣旨をよく理解してもらい、私と一緒に行動して下さい」

　この熱意がこもり、迫真の演説風の話に全員は感動した。この話に嫌気を覚え、さらにこの船に積んで来た伝馬船に乗って帰りたいと願い出る者はいなかった。この船の乗組員全員は、八右衛門の話に同調し、各担当の持ち場で仕事に精を出すことになった。八右衛門はその後、一同を甲板に集めて、

「今日から健吉さんを船頭さんと呼んで下さい。万事は船頭の指示通りに動き、私は水先案内人になります。米は一日に付き六合で、水は一日に付き一升で我慢して下さい。そうすれば広東のマカオまで行くのには十分に足ります。マカオからどこに行くのかは、その時に船頭に指示します。今日からは一心同体の気持ちで前進して下さい」

と言った。長崎で積み荷した酒樽の中に入っていたのは、水であって、船倉の中には多量の米と味噌（みそ）を積み込んでいたので、航行中は不自由しなかった。八右衛門は、不完全な天測道具、羅針盤、振り仮名付き（ふがなつ）の海図を入手していたので、これらを手段としてシナ海を乗り切ろうとしていた。健吉は夜も寝ずに船首付近に立ち通し、三度の食事もすぐにすまして、仁助に、舵の操り方を丹念に指導していた。舵の操り方一つで、帆も働けば船も走る。風の変化も悪天候も征服できるので、慎重に指導していた。その後、陸影が見え始めたので、頭上に輝く太陽に天尺を当てて観測し、コンパスを海図に当てて船の位置を確認し、羅針と図面とを合わせて、八右衛門は健吉に言った。

「ここだ。ここに違いない」

そこは浙江省会稽道（せっこうしょうかいけいどう）温州湾に近い松門であり、沿岸には無数の小島が点在していた。

八右衛門は崋山のところで見た書物に、松門が見えたら、南西に舵をとり、陸影を見ながら南西に進めばよい。そうすると泉州の小島を見るであろうと書いてあったことを思い出した。船はすでに台湾海峡を通過していて、長崎で見た南京船と、たびたび擦れ違った。この地域ではバハン船が横行していた時代から、日本人の名声と勇猛さが轟(とどろ)き渡っていたので、一本檣(ほばしら)の和船を見て好奇心で船を寄せて来たが、八右衛門たちの姿を見ると、逃走するように離れていった船もあった。

ある日のこと、三本檣の黒船が回遊している姿を見て、マカオが近くにあることを知り、全員が勇み立った。マカオは、広東湾口にあるポルトガル領の地区である。日本の室町時代（一三三六年～一五七三年）の末期には、ポルトガル人が日本に来て貿易を始めていた。そして、長崎にも来て貿易を盛んにしていた。また、マカオは寛永の時代（一六二四年～一六四四年）の鎖国前には、日本の南方貿易の基地になっていて、シャムやインドに行く船は、この港を中継基地にしていた。極めて狭い港であり、ここには異人館が建ち並び、丘には赤と緑の色彩豊かなポルトガルの国旗が翻(ひるがえ)っていた。マカオの近くに来ると、一隻のボートが近付いてきた。このボートには、日本語を話すことができる周哲仁(しゅうてつじん)という広東商人が乗っていて、小梯子(はしご)を舷(ふなばた)に引っ掛けると、周老人と二人のポルトガル人が八右衛門に乗船の了解を得て、船に上って来た。ポルトガルの役人は、周老人を通訳にして、日本は未だに鎖国をしているのに、なぜ来たのか、漂流してこの地に流れ着いたのなら、なぜこの船は傷んでいないのか、細々(こまごま)と疑問点を聞き始めた。この質問に対して、もっともらしい返答をしてみたが、相手は信用しないようだったので、この時に備えて次の手段を用意していた。八右衛門は仁助に合図をした。仁助は準備をしていた上等の酒と異人向けの肴を甲板に運んだ。勧められるままに高級な酒を飲んだ役人は、急に機嫌がよくなった。この機会とばかり、漆塗(うるしぬ)りの小箱と提灯(ちょうちん)や扇子を積み荷の中から選び出して、役人たちにお土産として差し出すと、もう面倒な質問はしなくなった。結局、漂流して来たのなら仕方がないとして入港の手続きをして、役人たちは引き揚げていった。この日はマカオに着いた喜びで、全員で禁酒していた酒を飲み、長い航海の疲れを癒(いや)すために全員ぐっすりと寝込んだのである。次の日、船上で八右衛門は、南洋渡海の入り口まで辿り着いたので、これからこの港から南方へ出発するに当たって、水先案内人でも、通訳でも、完全な天測の器械でも、南方の海についての詳細な海図や星図でも手に入れたいと考えながら、星影が漂う海を眺めていた。すると、周哲仁が乗ったボートが近付いて来て話をしたい様子をみせたので、八右衛門は船に上らせた。暗い船上で、二人は向かい合った。周老人は長崎の町の様子を聞きたいらしく、矢継ぎ早に質問をした。丸山の遊女町や親切にしてく

れた遊女のお春のことなどを尋ねた。さらに抱えて来た革袋を見せて、

「よい品物があれば買いたい。高値でもいいよ。明日になれば役人が来るから今夜のうちに買っておきたいんだ」

と言った。そして銀貨の音を鳴らしながら、この老中国人は商談をしに来たことを知らせたのである。しかし、八右衛門には別の考えがあって、三畳敷の狭い部屋に案内した。この部屋は、交易品の陳列場であって、高価な調度品が所狭しと置かれていた。そして八右衛門は、戸棚から蒔絵（まきえ）の小箱を取り出して、周老人に言った。

「これを周さんに進呈しよう。また、明日も来なさい。何かあげよう」

この言葉に、

「金はいらないのか」

と言って、何度も礼を言って、周老人は引き揚げて行った。翌日になると、昨日来た役人が別の役人を伴って、周哲仁を通訳として八右衛門のところを訪れた。八右衛門は前日と同じく、酒と肴を出して贈り物をした。その贈り物とは、金象眼の鍔（つば）をつけた鮫鞘（さめさや）の太刀だった。役人は太刀を抜き、上機嫌に振ってみせた。結局、これだけのことですぐに役人以下三人は帰った。夜に入ると、周老人は若い女を小舟に乗せて、八右衛門を訪ねて来

た。八右衛門は、健吉と仁助を呼んで周老人に紹介し、四人で酒を飲んだ。顔と服装ですぐ中国人とわかる女に、蒔絵の櫛（くし）を贈った。健吉は八右衛門に、

「せっかく日本から持って来た品物を相手構わず与えるのは、もうやめてくれよ。こんな無駄なことをしても得がないよ」

と言って、不安そうに見つめた。しかし、八右衛門は、

「ある計画のために必要なんだよ。もう少しすればわかるよ。俺に任せておいてくれよ」

と言って、健吉を勇気づけ、安心させた。

その夜は周老人一行は少しの時間しか滞在せずに帰ったが、翌日の夜、再度八右衛門のところを訪ねて来た。周老人は、純白の練絹（ねりぎぬ）を持参して、前夜のお礼だと言って、八右衛門に手渡した。また、前夜一緒に来た女は、彼の第三夫人だと告白し、長崎の遊女のお春に、異国の舶来品である虎の皮を渡してくれるようにと頼みこんだ。この周老人はよくよく接してみると、よい男であった。人柄がよく、色々な方面に才能を発揮できる知識人という感じがした。周老人とは忌憚（きたん）なく会話ができるようになったので、ここで思い切って真意を八右衛門は打ち明けることにし、言った。

「周さん、このマカオという地まで来たのだから、これから南のカンボジア、シャムの方

まで行ってみたいのです。この国と交易するための品物は今持っています。しかし、この国と言葉は通じないし、行き方もわかりません。お礼は今以上に出しますので、水先案内人はいないでしょうか」

この話に周老人は、きっぱりと、

「私がその役目をします。また、商売もしたいから、願ったりかなったりの役所（やくどころ）ですよ。八右衛門さんのお役に立てるようにしますので安心して下さいよ」

と言って、嬉しそうな顔をして、何度も頷（うなず）いた。ここで周老人は、この南洋についての情勢を、この地域をよく知っている知識家として、八右衛門に詳しく語った。

「私はもう十年前に、この地方を行き来したことがあります。この数年来は、オランダ、イスパニヤ、イギリスの国々が、東インドに手を伸ばし、中国の商人を駆逐しようとしています。それに南シナ海からボルネオ海にかけて支配している海賊たちが、中国船ばかりを襲撃するので、中国の商人は恐れて乗り出せないでいます。船がないのでポルトガルの船便を借りて、シャムにいる中国の商人と連絡をとっているありさまです。しかし、そのポルトガルでさえも、イギリス、オランダの勢力に圧倒されて、一年に一度か二度しか船を出せなくなっているし、この両国の軍艦に脅かされているのが現状です。これではやがて東洋の海が西洋人に占領されてしまいます。とにかく、東洋の海は東洋人の力で守るという気概がないといけません」

この周老人の、世界観を余すところなく説明する態度に、八右衛門は感動し、この周老人は良き仕事仲間として重用しようと思った。そして八右衛門は、周老人の手を握って握手をして、

「周さんが商売をするのは、周さんの勝手です。周さんの品物も積んであげるし、別にお礼もします。約束します」

と言った。この後、周老人は納得したような感じで帰り、翌朝、周老人は、大きなシナ鞄（かばん）を小舟に積んでやって来た。この鞄は重さが五十貫以上もあって、五人がかりでやっと船に乗せた代物（しろもの）であった。この鞄の中に何が入っているのか、八右衛門は周老人に尋ねたが、周老人は答えず、役所に挨拶に行ったほうがよいと言うので、すぐに役所に急ぎ、ポルトガル役人に別れの挨拶をした。役人は餞別（せんべつ）として、精巧な羅針盤を与えた。さて、八右衛門の帰りを待って、船は帆を上げた。北風を受け、船は出航して行った。この航行中に、周老人はシナ鞄を開け、中に入っていた三つ四つの革の袋と五、六挺の短銃を取り出して、八右衛門に見せた。そして短銃を一挺ずつ八右衛門と側にいた健吉に手渡した。

そして、

「航行中に海賊が来た時に、これで撃ちます。撃ち方は後で教えます。また、この革袋にはたくさんの銀貨が入っています。他国へ行って買う物があるから、二束三文で買い倒してマカオに持って帰ろうと思っています」

と、二人に商売根性丸出しの様子を伝え、今後の行動方針を語った。この話に健吉は、

「やり方が手慣れているし、中国人が商売上の日本語をよく知っている。周さん、長崎でもこの手を使って荒稼ぎしたね」

と言って、荒々しく厳しい口調を露呈したが、この言動に周老人は、にやにや笑っていた。その後、周老人の意向で、カンボジアへ向かって航行することになった。カンボジアは、マカオから四百五十里の距離の所にあり、以前は日本人が一万人も住んでいたことがあって、今でも日本人の墓が残っていた。周老人は、航行中は船の方位を決めるために、北極星を観測したが、船の位置によっては夜になって星尺を使って、南十字星を観測した。この観測によって船の正確な位置を確認した。途中で海図では針で突いたほどの小さな黒点に過ぎない、数個の岩山でできている東沙島を通った。

ルソン島で沿岸警備隊の船に遭遇

ルソン島に近付くにつれて東北の風になるので、その風に乗ればカンボジアに着くことができる。マカオを出発して何日か経った時、急に周老人が東方の水平線を指差して、

「船だ、船だ」と言った。この海域では海賊船がよく出没するので、周老人は少し慌てて、逃げようではないかと主張した。この言葉を聞いた健吉は、いきり立って言った。

「海賊なら例の短銃があるから威力をためすことができるし、大切な荷物を隠して、一戦交えようぜ。周さんが大切にしている銀貨が入っている袋も、船底に隠してね」

しかし、近付いて来た船は三本檣（ほばしら）のイスパニヤ船であった。すると突然、停船するようにと合図をするために、イスパニヤ船は天地に轟（とどろ）く砲声を発した。逃げたところで船の性能からして、捕まるのは目に見えているので、帆を下ろして停船した。このイスパニヤ船は、ルソンを根拠地として沿岸警備をしている船であった。この頃、台湾の澎湖（ほうこ）島に基地を構えた中国の海賊が、南シナ海を跳梁（ちょうりょう）してイスパニヤ船を襲撃するので、警備を強固にしていた。その警備中に八右衛門が乗っている船を見て怪しいと思い、停船を命じたのである。周老人の通訳で八右衛門は、船から姿を現したイスパニヤの士官に言った。

「日本に帰国の途中で嵐にあった。そのために漂流している最中（さなか）、海賊に出あって追われ、方角を誤って航行した。正しい航路に修正している時に、イスパニヤ船にこの船の存在がわかったのだと思う」

当時、日本は鎖国をしていて、渡海は厳禁である。また、日本の貿易国は、オランダと清国に限られていた。この両国が長崎に居留地を持つほかは、いかなる国も日本には寄りつけなかった。特にイスパニヤは、島原の乱以来、幕府にとって印象が悪くイスパニヤの方も日本に対して良い感情を持っていなかった。イスパニヤの士官は船の臨検を実施したが、この行為に備えて刀剣や高価な美術品を二重仕掛けの船底に隠していたので、見つからなかった。さらにイスパニヤの士官は、

「ルソンの政庁まで同行してくれ」

と言ったので、

「よろしい、ルソンの見物といこう。さあ、帆を上げて出発だ」

と言って、八右衛門は健吉に指示した。イスパニヤの軍船は、八右衛門の船との間に太い麻縄を張って曳航（えいこう）した。その後、航行中に、遥（はる）か水平線にスコールの黒影が見え始め、西北の風が真北に変わり、たちまち暗い強風が吹き出してきた。イスパニヤ船は、四本

檣（ほばしら）に巻いた横帆を鳴らし、右舷に傾いて船足が止まった。この状況を察知した八右衛門は、鉞（まさかり）で引き綱を断ち切り、舵を引き、真っ黒なスコールに包まれながら八右衛門の船は、南へ立ち去った。イスパニヤ船は、このスコールと大風では帆の操作が自由にできず、追うことができなかった。大船の弱みであった。イスパニヤ船の方を見ると、強い風雨の中で砲声を轟かせ、いきり立っていたが、暗い豪雨の中に船も海も天も消えて、砲弾の行方さえもわからなかった。八右衛門の船では、乗組員全員が手分けをして、帆綱を引いたり、水を掻（か）き出したりして、全身全霊でこの作業に従事した。この行動を展開しながら、船は南へと航行していった。その後、スコールが降り注いだ地域から脱出し、もはやイスパニヤ船の影は確認できなくなった。そのうち、竹島よりも少し小さくて低い山がある島が、二つ三つ連なって見えるようになってきた。これは無人の珊瑚礁（さんごしょう）であり、夜明けを待って碇（いかり）を周辺に下ろし、伝馬船を準備した。この島は周囲が約二里ばかりあり、大きな山はないが、海岸は絶壁になっていて、一カ所ほど入り江があった。伝馬船で入港して上陸し、小高い丘に登って全島を眺めると、オランダ人が採取して肥料に使う鳥糞（ふん）の固まったものが、島一面が灰色になるほどに散らばっていた。また、この島から半里と離れていない所に、人影がなく人が住んだ跡がない島が二つ並んでいるのが確認できた。八右衛門は、運んで来た一尺四方に一丈ほどの高さの大柱を、入り江の崖にある洞窟の中に立てた。この大柱には四方に「大日本領地」と深く彫り込んでおり、将来、異国渡航の御法度が解かれ、この島を日本船が南へと航行して来る時のための足場にしようと考え、八右衛門は遠大な志を抱いていたのである。

カンボジアに到着

八右衛門がこの柱を建てた後に、船は西に向かって航行して天保二（一八三一）年二月上旬に、カンボジアに到着した。浜田を出発して約五カ月後のことであった。カンボジアは、この当時はまだフランスの支配を受けていなかったので、面倒な入港手続きはなく、また、朱印貿易港が多く、日本人町の遺跡が残っていた。住民の風采（ふうさい）も日本人に似ていたので、八右衛門一行は大歓迎を受けた。このカンボジアでは周老人が大いに活躍して、刀剣・美術品・金襴（きんらん）・緞子（どんす）・麝香（じゃこう）・伽羅（きゃら）などを、長崎相場の二十分の一くらいで買い込んだ。

寛永の時代（一六二四年～一六四四年）までの朱印船は、このカンボジアからさらにホルウントウローという島やシャムのイモ島、マカダ国の流砂川周辺まで出向いたと、八右衛門の調査では確認されていたが、間もなく吹くであろう南の季節風に乗って長崎に帰るつもりであったので、このカンボジアで航海を切り上げる計画でいた。この八右衛門の計画を知った周老人は残念がって言った。

「たくさんの銀貨を持ってきたのは、シャム、スマトラ、ジャバに行くつもりで来たんだよ。この地域では何でも二束三文で上級品を買うことができる。それをマカオに持って帰れば大儲けができるんだ」

　この話に八右衛門は、

「帰航の機会を失えば、また来年の季節風が吹く時期を待たねばいけません。竹島へ行くと言って出航した船が、二年も三年も便りもせずに帰るようでは、世間に対してどう弁明すればよいでしょうか。今年の冬に北風が吹けば、周さんを訪ねてまた、やって来ますよ」

　と、宥(なだ)めるように言った。ところで、この五百石積みの船腹には、もはや南の島へ行く必要はなく、繻子(しゅす)・緞子(どんす)の織物類から、豹(ひょう)・虎(とら)の皮、瑪瑙(めのう)に象牙(ぞうげ)、麝香(じゃこう)・龍脳・伽羅(きゃら)・沈香の香料、白檀(びゃくだん)・紫檀(したん)の唐木(とうぼく)類で満杯になっていた。そのうち、南の風が吹き始め、船はこの風に乗って北へ航行し始めた。また、イスパニヤの監視船に帰路の途中で見つかれば厄介なことになるので、なるべくルソン島に近付かないように航行した。しばらく経つと、折からの順風に守られて、年に二回の生糸市で賑わっている広東省の山々が、にわかに船の彼方に見え始めた。今後もこの密貿易を続けるために、広東を足場にして周老人を使わなければならないので、乗組員一行は周老人の家を見ておこうと思い、航路を香港寄りにとって入港し、珠江（しゅこう）の下流へと忍びこんだ。そして周老人の家へ行って、一時（ひととき）の間、全員この家の中で和やかに過ごし、一段落した後、周老人に見送られながら、帰途についた。

ここで周老人の居住地であるマカオの実態について詳しく述べたい。マカオは、広東省の珠江の最下流域に位置し、広州からは南西に百四十五キロ、香港からは南西に七十キロ離れている。珠海に接し、大陸本土の南海岸に突き出たマカオ半島と、沖合いの島から構成されている。この島は、元々タイパ島とコロネア島という二つの島で形成されていて、全体が一つの島のようになっている。マカオは、漁民や水上居民を中心とする漁業の村であった。永正十（一五一三）年、世界有数の海洋大国であったポルトガルの交易の代表者であるジョルジェ・アルヴァレスが初渡来し、明王朝との貿易を開始した。その後、弘治三（一五五七）年にポルトガルが明から居留権を得て、中国大陸における唯一のヨーロッパ人の居留地となった。ただし、この時期のマカオの領有権は明にあって、明がマカオに税関を設置して主権を有していた。この前後にイエズス会の創設メンバーの一人であるフランシスコ・ザビエルが、マカオを拠点にして、キリスト教の布教活動を行っていた。この頃のマカオは、日本が鎖国をするまで、長崎との貿易で繁栄していたが、明の動乱と広州の対外開放によって衰退していった。また、マカオは珠江の土砂が堆積しやすい位置にあり、船舶が入港しにくくなったのと、ポルトガルの国力が凋落していたことも衰退の原因になっていた。

　このマカオの行政機構としては、インド副王が治めるポルトガル領インディアに属し、カピタン・モールが責任者であった。カトリックの布教区では、天正七（一五七九）年にマカオ司教区が独立した。十六世紀のマカオ貿易は、インドや東南アジアで買い付けた物産を明に輸出し、明から絹や陶磁器などを買って、東南アジアや欧州に輸出する南海貿易であった。やがて日明貿易が盛んになった時にポルトガルは大きな利益を見出すようになり、また、天正八（一五八〇）年にスペインと同君連合となってからは、その植民地のマニラとの間にも貿易ルートが開かれた。この頃、日本では先進的な鉱山技術が導入されて、金・銀の生産量が飛躍的に増加し、明が通貨として用いる銀を欲していたことから、日本と明との中継貿易は莫大な利益をポルトガルに齎（もたら）した。しかし、江戸幕府の鎖国政策と明から清に移行する動乱の影響で、マカオは没落していった。

マカオの書き言葉としての公用語は、ポルトガル語と中国語で、口語では、広東語とポルトガル語である。また、食生活においては、中国系住民は広東料理系の中華料理を、ポルトガル系住民はポルトガル料理を基本としている。そして、清の時代になって正式にポルトガル領となる条約が締結された。こういった歴史のあるマカオの生活感覚を持っていた周老人との出会いの思い出が、これからの生活で八右衛門たちの脳裏に込み上げることになるのである。

八右衛門、留守の会津屋では

一方、八右衛門一行が異国渡海に行っている最中、浜田の会津屋では、後家のお菊たちが八右衛門の帰りを首を長くして待っていた。会津家では、二千何百石の阿呆丸でさえ海の藻屑となって消えてしまったので、八右衛門の船も沈んだのだとか、八右衛門の船を長崎で見かけたという唐津船が、瀬戸物を積みに来るために、この松原浦に入港するようになっていたがまだ帰らないので、唐津船の乗組員の中では、「あんな小さな船はもうどこかに流されてしまったのだ」とかいう論議が沸騰してしまい、お菊は安心できない日々が続いていた。この会津家の様子を知った橋本三兵衛は、家老の岡田頼母の屋敷へ行き、頼母に実情を報告した。

「御家老様、まだ八右衛門は帰って来ません。ひょっとして、カンボジアからジャバ、スマトラ周辺にまで行ったのではないかと思います。もし行ったとするならば、帰国するのに今年いっぱいはかかります。会津家では清助を亡くした上、八右衛門まで音信不通ということで、悲嘆にくれています。励ましの言葉でも掛けようと思うのですが、よい励ましの言葉が見当たりません」

この話に頼母の顔は、暗い表情になった。この時、頼母はすでに六十九歳になっており、頭の髪も髭も真っ白になっていた。

「三兵衛、天下の御老中の殿が一万両もの大金を送ってくれと言ってきた。老中にでもなれば相当の金が必要なのだと思う。もし、この大金を捻出できないのなら、この屋敷でも売って御入用を調達しようと思う。とにかく、唐天竺（からてんじく）などと思い起こさずに竹島当たりで渡海を止めておくように、八右衛門にはあらかじめきつく命令しておいたほうがよかったのだと思う」

烈士橋本三兵衛の碑（島根県江津市敬川町）

と、頼母が言うと、三兵衛は百石の御勘定方に抜擢された人物だけに、領民の立場に立って返答をした。

「御家老様、領民どもは打ち続く飢饉や火事で困窮のどん底に陥っています。上納することを怠らぬだけが不思議だと思うくらいです。これも殿様の道徳と見識の心が領民に理解されているからです。いかに殿様に大金が必要だとしても、これ以上の上納を領民に強いることはできません。まさしく殿様の人格が落ちるだけになってしまいます」

元々百姓から身を起こしているだけに、苦しみ喘いでいる領民の立場に立って答える姿に、上司の頼母はますます三兵衛の良識豊かな人徳に好意を持ったのである。

さて藩主の周防守康任が老中に就任したのは文政九（一八二六）年で、この老中という役職は、役人衆の筆頭たる五人の閣僚の名称であった。それだけに役向きの費用も多かった。頼母は密かに心の中で、今に会津屋の船が中身が満杯の千両箱を積んで帰って来る。思慮と経験に富んだ八右衛門なら、慎重な準備で乗り出しているので失敗はないと、信用してはいたが、なかなか帰国しないので心配になってきたのである。この頼母の思いを知っている三兵衛は、ある日の朝、登城の時刻としては少し早く支度をして家を出た。松原浦に出るつもりで祇園神社の前を通って神社の拝殿の前に立った。八右衛門の無事を祈ろうとすると、拝殿の中から社司の江木宮内（えぎくない）が出て来て、何か変わったことがあるのかと尋ねたので、登城まで時間があったのでお詣りしたのだと、三兵衛は答えた。この江木宮内という人物は、頼母の継室の実兄に当たる人で、松原浦の船問屋に多くの氏子を持っている有力者であった。三兵衛は会津屋の家を覗いてみようかと思ったのだがやめて、船番所の前を小走りで過ぎ去り、港が見える鰯（いわし）山の岩の上に登った。この場所は、松原と外ノ浦の中間地点にあり、海に突き出た岩角であって、浜田城下の人はこの上で魚群の到来を見張っていたので、この名がつけられたのである。かつて八右衛門もこの岩の上に立って、帰らぬ父の姿を待っていたものであった。三兵衛はこの岩の頂上に生えている一本の老松の根に若い女が腰をかけて、沖を眺めている姿に気がついた。

「お前は蛭子屋のお多津ではないか。こんな所に座って沖の方を眺めて、何を待っているのだ」

と、三兵衛が言うと、

「八右衛門さんと健吉さんの帰りを待っているのです。今日ぐらいこの港に帰って来るのではないかと思い、待っているのです」と、お多津は即座に答えた。三兵衛はお菊から健吉とお多津が恋愛中であると聞いていたので、

「会津屋の船を待っているのだな」

と言った。三兵衛は良い光景に出くわしたものだと思い、二人で東の岬の夷鼻と西の岬の万年ヶ鼻に、沖からの高いしぶきが当たり、岬の松よりも高く舞い上がる躍動感あふれる波のしぶきに魅了されることになったのであった。すると突然、

「おや、あの船は何でしょうか」

と言ってお多津が立ち上がった。

半年ぶりに浜田に帰港

万年ヶ鼻の沖合から、漁船より少し大きめの伝馬船が、港口に向かって航行してきたの

である。この伝馬船には四、五人の船員が乗っており、その中の一人が健吉であった。健吉の姿を確認した二人は、大声で健吉を呼んだ。間もなくこの伝馬船は鰯山の岩の根に辿り着いた。乗組員の顔は日焼けをして、真っ黒になっていた。健吉は、親船は馬島の沖にいて八右衛門はその船の中に居ることや、大事な品物を積んでいるので入港の指示がほしいことを伝えると、三兵衛は喜び全員入港するように命令を下した。帰港した夜の会津屋では、お菊と健吉が音頭を取って半年ぶりの祝宴を催していた。

一方、八右衛門は、牛市にある岡田家の別邸の蘇鉄屋敷の奥書院で、参集した頼母と松井図書、三兵衛に南方の話を、熱弁をふるって報告をしていた。図書は、

「スマトラやジャバという未開の島々に上陸して帰れば、また、変わった収穫があっただろう。今度は私も行ってみたいよ」

と言って、南方の島々に強い関心と興味を持ったのである。八右衛門は、

「南西の風が吹き始めたので、この機を逃しては帰国できないと思い、慌てて引き揚げたのです。今年も十月頃になると逆の北東の風が、マカオと長崎の間で吹くので、この頃にもう一度南に行こうと思います」

と言った。この話に三兵衛は喜び、

「その時には、私も乗せてもらうぞ」

と言って、この場に居合わせた四人は、心は南方行きの状態になっていた。話が弾んでいるこの時に、頼母は緊張した表情で八右衛門に言った。

「八右衛門も命懸けでやった仕事だから儲けは欲しいと思う。それに乗組員全員には、手当ての他に過分の褒美を与えなければならないと思う。しかし八右衛門、私にも一万両貫いたいと思う。そのためにお主の帰国を一日千秋の思いで待っていたんだよ。どうじゃ、一万両を私にも分け前として出してくれないか」

八右衛門は、この航海の儲けを全部出したところで、一万両もの大金になるかどうか疑問であった。岡田家老の顔は真剣であり、謹厳実直な性格の持ち主の家老が、よく冗談を言うものだと思った。しかし上司の家老の命令とあれば、逆らうわけにはいかず、承諾して言った。

「承知しました。現金を持って帰ったわけではございません。香料にせよ、象牙、絹布の類にせよ、金に換えたらいくらになるかわかりませんが、相当に高価な物を持って帰っています。ですから期待に応えるぐらいの金にはなると思います」

この話を聞いた三兵衛は、八右衛門から品物を受け取り、土産物を処分することにした。

三兵衛は、高価な船来品をさっそく箱詰めにし、大坂に搬送した。倉屋敷出入りの商人を使って、品物を分散した。民俗細工の物には手をつけず、香料とか絹布とか他からでも入手できる物から処分をした。三兵衛が輸入の品物を始末している間、八右衛門は、船を動木の造船場に移動させて、修繕をしたり、改善を加えたりした。

そのうちに秋風が吹くようになった。八右衛門は広東の商人の周哲仁と約束を果たすために、再度南方の旅に出かけることになった。周老人は約束を守ってくれたことを喜んだ。しかし、ジャバ、スマトラをはじめ南方の島々は、オランダの東インド会社がこの島々の産物を管理したりして、日本人の上陸を禁じていて、あまり収穫がなかった。オランダ人の管理が及ばないところに、少し産物がある程度であった。日本の東南にあるという黄金の島を探しているうちに、南西の季節風が吹き出したので、ひとまず帰国することにした。天保五(一八三四)年の末に、ますます脂が乗ってきた八右衛門は、千二百石積みの大船を設計し、二枚帆を張る計画を企てた。この船が完成したら、山田長政以来、シャム国に赴いて大貿易をするつもりでいて、積んでいく品を諸国から買い集めていた。この頃には、松原浦は土も黄金で光っているとか、八右衛門が藩に納める運上金だけで藩の赤字が解消されたとか、藩主の周防守康任はお金に物を言わせて、天下の老中として幕府内で権勢を振るっているとかの噂が、領内に浸透し始めていた。しかし、八右衛門一家は全く私利私欲に染まらず、藩の発展のために尽くしていたので、質素な生活を続けていた。この密貿易が世間に漏れなかったのは、八右衛門、健吉以下の乗組員、岡田頼母、橋本三兵衛、松井図書の面々が、固く口を閉ざしていたからであった。また、世間では、遠い南洋まで行って、その地方の産物を持って帰るということには気付いていなくて、どの国の領土にも属さない竹島という島に渡って、珍しい宝物を持って帰るのだということしか、信じていなかったのである。

間宮林蔵が密航を嗅ぎつける

さて、この頃、薩摩の藩主の島津斉彬(なりあきら)には、外国人と直接の交渉で舶来の紡績機械や電信機を城内に据え付けているという噂が立っていて、幕府の蝦夷(えぞ)地御用御雇兼国事隠密という役職を務めている間宮林蔵が、老中から探索の命を受けて、この噂の調査に乗り出すことになった。薩摩は西国の大藩で、他国者は領内への侵入を許可しないという徹底ぶりで、幕府はその力に危険を感じながらも事実を突き止めようとした。

命を受けた間宮林蔵は、旅僧に姿を変えて西国への旅に出た。旅程としては、中仙道を経て山陰道を西に進み、天保五（一八三四）年の春に浜田領内を通過した。山陰道を通った理由としては、人目を忍ぶ旅であったので往来の少ない山陰道を選んだという説と、数年前にこの地域を数回にわたって測量をした、幕府測量方の伊能勘解由から興味ある話を聞いていたからだという説がある。しかし、間宮は日本海沿岸に興味を持っていて、この海岸沿いの道を選んだのであった。間宮は、長い旅の途中で浜田領内の下府という所に着き、街道端の茶店で弁当を食べた。弁当を食べながら奥の座敷を覗くと、その部屋の床の間が黒檀の一本柱が使われて造られていたのに気づいたのである。当時は入手が難しい高価な唐木である。その他にも、床の間に細工をした椰子の果実が置かれていた。不審に思った間宮はこの高価な代物の出所をこの店の経営者に聞くと、松原浦の会津屋の船に乗って輸入品を仕入れて帰る甥御から貰ったということであった。また、床の間にある仏壇の中に据えてある仏様も象牙に模様を彫った貴重品であると説明され、間宮は驚いた。間宮は、茶代を置いて浜田城下に行き会津屋のことを聞いてみると、会津屋は羽振りのよい回船問屋だということがわかったのである。この浜田での不審な様相を呈する事柄も調べてみれば大きな事件になるという気はしたが、今回の間宮の目的は薩摩の探索である。

それに、相手は藩の御用回船問屋、藩主は老中の松平周防守という幕府の重鎮であったので、不用意に調査をするよりも、薩摩の探索が先決だとして浜田を去り、目的地へと急行したのである。間宮が、薩摩の探索を終えて江戸への帰途に就いたのは、天保六（一八三五）年の七月であった。元の侍姿になって、長崎から船に乗って一先ず大坂に到着した。大坂の町奉行の矢部駿河守定謙は、北方地域の国防の重要性を主張し、間宮とも懇意な間柄だったので、間宮は久々に訪ねて行った。

矢部は、幕府の火附盗賊改役から堺奉行を経て、天保六（一八三五）年に大坂町奉行に就任したのであった。後に、江戸で勘定奉行に就いたが、この時は天保の大凶作の時代で、老中の水野越前守が発布した、倹約を勧めながら一方では各藩から炎上した江戸城西の丸の建築費を徴収するという矛盾した政策に反対し、しかも将軍が三の丸に入ってしまった時節に凶作に苦しむ人民から税を取り立ててはいけないと将軍に主張したため、首になった。その後、江戸町奉行として復活したが、水野越前守とは意見が合わず、免官させられ自殺したほど、気概と見識に満ちた人徳の持ち主だった。

矢部は間宮が訪ねて来たので、久々に楽しい話ができると思い歓待した。二人の会話の最中、間宮が、

「矢部様、今回の旅の途中で不思議な事実を知りました。元々薩摩の探索は老中の御命令で実施しましたが、御老中の一人の松平周防守様の御領内に、南方の国々に密航している者がいるようです。実は、浜田の城下に近い下府のある茶店に、南方の国々から持ち帰ったと認められる産物があったのです」

と言うと、矢部は、

「そのことが本当ならば、今度は浜田に行って探索したらどうだ。これが事実ならば大問題だぞ」

と言ったが、間宮としてはこの事件が腑に落ちないくらいの状況でしかなかったので、取り立てて問題にしようとする気はなかった。したがってこの場かぎりの話で終わりたかったので、この浜田の事件は矢部が責任を持って取り調べることになった。この数年来の凶作続きの社会であるのにもかかわらず、上に立つ者はますます私腹を肥やし、庶民は一層苦しんで貧困にあえいでいる。その陰には、必ず同情すべき犯罪が起こっていると、矢部は確信して、この事実の調査に乗り出すことを強く決心した。その後、健吉とお多津は結婚し、健吉は蛭子屋の亭主に納まった。

島津斉彬と間宮林蔵および水野忠邦

さてここで、この時代の国政の運営に多大な影響力を持っていた、島津斉彬と間宮林蔵と水野忠邦の横顔と人間像について詳しく述べてみたい。まず島津斉彬についてであるが、斉彬は文化六（一八〇九）年に生まれ、安政五（一八五八）年に亡くなった幕末の外様大名である。薩摩藩の第十一代藩主で、島津氏の第二十八代当主である。藩主に就任すると、藩の富国強兵に努め、洋式造船、反射炉・溶鉱炉の建設、地雷・水雷・ガラス・ガス灯の製造などの事業に着手した。土佐藩の漂流民でアメリカから帰国した中浜万次郎（ジョン万次郎）を保護し、藩士に造船法を学ばせたり、西洋式軍艦「昇平丸」を建造して幕府に献上した。黒船来航以前から蒸気機関の国産化を試み、日本最初の国産蒸気船「雲行丸」を完成させた。日の丸を日本船章にすべきだと幕府に献策して採用させたり、帆船用帆布を自製するために木綿紡績事業を興した。また、下士階級出身の西郷隆盛や大久保利通を登用して、朝廷での政局に関わったり、また、幕政に積極的に口を挟み、老中の阿部正弘に幕政改革を訴え、公武合体・武備開国をするようにと主張した。

次に間宮林蔵について横顔を紹介したい。林蔵は、安永九（一七八〇）年に常陸国筑波郡平柳村に生まれた。十九歳の時に北海道に渡り、二十三年間測量の仕事をした。間宮海峡を発見し、樺太（からふと）（サハリン）を探検した。伊能忠敬の『大日本沿海輿（よ）地全図』の北海道部分を完成させ、さらに今の北海道地図の基本となる「蝦夷（えぞ）図」を完成させた。その後、江戸に戻り今度は全国をくまなく歩き、外国の船が日本に来たという報告と調査の仕事もした。晩年の林蔵は、水戸家の殿様に樺太や外国の様子を教えた。この林蔵の調査と知識が、江戸幕府と外国との交渉に活かされた。特に、安政元（一八五四）年、ロシアと日本が結んだ「日露和親条約」の中には、林蔵が作った樺太から大陸にかけての地図が参考にされた。林蔵は、幕府の役人として活躍したが、天保十五（一八四四）年に江戸の自宅で亡くなった。まさに六十五年の波乱に満ちた生涯であった。なお、林蔵の業績は、ドイツ人のシーボルトによって世界に広く紹介され、林蔵の樺太探検の報告によって作成された「北蝦夷図説」は、シーボルトの著作の『日本』に訳載、紹介された。

「間宮林蔵の肖像画」松岡映丘画
（フリー百科事典「ウィキペディア」より）

次に水野忠邦について述べたい。忠邦は、江戸時代後期の大名・老中で、肥前唐津藩主、後に遠州浜松藩主であった。寛政六（一七九四）年に生まれ、文化九（一八一二）年に父の忠光が隠居したため、家督を相続した。文化十三（一八一六）年に奏者番となり、大坂城代、京都所司代、西の丸老中、本丸老中へと昇進し、天保十（一八三九）年に老中首座となった。なお、京都所司代に就任した時に侍従・越前守に昇叙している。忠邦は、農村復興のために、江戸に流入している多数の農民の将来を考え、「人返し令」を発布したり、物価騰貴は株仲間に原因があるとして株仲間の解散を命じる低物価政策を実施したが、その一方で低質な貨幣を濫造して幕府財政の欠損を補う政策をとったため、物価引き下げとは相反する結果をもたらした。嘉永四（一八五一）年に死去し、享年五十八歳であった。

さてここで、忠邦と松平康任との間柄を述べておきたい。文政八（一八二五）年、忠邦は康任の後任として大坂城代になった。同じ年に康任は京都所司代に昇進している。このころから康任と忠邦との出世競争が開始されたのである。競争といっても康任は忠邦よりも十四歳も年上であった。だから先輩として忠邦の一歩前を康任は歩いていたが、寺社奉行の振り出しはほぼ同時期だったので、忠邦は激しい競争心を燃やしていた。条件の悪い転封を希望してまで、幕閣入りをねらった忠邦の出世欲は、康任の比ではなかったのである。康任は文政九（一八二六）年に本丸老中に就任し、忠邦との間にかなりの水をあけた。忠邦が本丸老中になったのは、ずっと後の天保五（一八三四）年であって、この時すでに康任は老中首座の地位にあった。忠邦にとって康任は、終始自分の前に立ちふさがる壁のような存在だったのである。本丸老中になった忠邦の目標は、老中首座の席を占め、勝手方を支配することであった。勝手方とは、幕府の財務・行政を受け持つ部署で、四人の勘定奉行が二組に分かれて役務についていた。これは、天領の租税徴収、穀物収入の出納、代官の配置の決定など一切を司る職種であって、この勝手方を支配する老中首座は、最高の権力の座であって、大名たちの出世が極まる場所であった。あこがれの老中の座にあって、中央に羽振りを利かせ、幕政に参画することができるとはいえ、自分の藩には目が届かず、家臣に任せきりにしているのは、康任も忠邦も同様であった。二人とも金遣（かねづか）いが荒く、水野の浜松藩は当然のように財政が悪化したが、康任の浜田藩はもっとひどい窮乏ぶりになっていた。

なお、忠邦は、奏者番になった時にそれ以上の昇格を望み、その時の藩主として在籍していた唐津藩が長崎警備の任務を負うことから、昇格に障害が生じると知った。権謀術数に長（た）けていた忠邦は唐津藩所有の一部地域を天領として幕府に寄贈し、厳しい天領の年貢の取り立てによる領民の反発を尻目に、実封二十五万三千石の唐津藩から実封十五万三千石の浜松藩への転封を自ら願い出て実現させ、その功により寺社奉行兼任となった。その後、とんとん拍子に出世していき、さすがの康任も忠邦の存在には目を光らせるようになり、忠邦の一挙手一投足に注目し、細かい諸行動を監視するようになった。

なお、康任は弟である松平主税の娘が、出石藩（兵庫県）の家老である仙石左京の嫡子小太郎に嫁いでいた関係から、仙石家の内紛に巻き込まれ、河野瀬兵衛らの処分、刑の執行などについて助言したり、幕府評定所文書を写して主税に渡したことなどが咎められ、天保六（一八三五）年十月二十三日に勝手掛を、同二十九日には老中職を免ぜられた。天保七（一八三六）年三月二日には、康任は周防守を改め下野守と名乗り、同月十二日には奥州棚倉（福島県）へ所替えを命ぜられた。康任と忠邦との出会いから失脚するまでの二人の抗争は熾烈を極め、幕府の大奥や権力中枢にいた多くの人々を巻き込む事件へと発展していった。この発端となったのが、八右衛門たちが密貿易で蓄えた巨万の富を使うことによって三層の天守閣を破風を持った五層建造物にし、浜田城内の施設を豪華絢爛に造り変える壮大な計画を岡田家老を通じて、幕府に申請した行動なのであった。赤字財政の再建に終始している小藩の浜田藩が、なぜこういう金銭に余裕のある強藩の幹部が考える構想を練って、スケールの大きいプランを提示できるのかという動きを知った忠邦は、出身藩の浜松藩が小藩であり、赤字が続く財政の改善策を策定できないでいる無念さと浜田藩への羨望の眼差(まなざ)しから、康任の失脚を誘発させるべき行動をとることを考えるようになった。

浜田城完成の歴史的背景

さて浜田藩主の松平康任が老中首座になってから、出身母体である浜田藩では、八右衛門と橋本三兵衛の呼び掛けによって岡田家老所有の屋敷で、岡田家老と八右衛門と三兵衛による三者でのある密談義が開催されるようになったのである。その席上で八右衛門は岡田家老に開口一番、次のように進言した。

「御家老様、我が藩の殿様が幕府の最高首脳に栄進して日本の国政の舵取りを担うようになったのならば、他藩の模範となるような態勢として浜田城内の整備をしなければいけません。三層構造の天守閣を破風を持った五層に改造する工事をしたり、城内の敷地をさらに増大させ、大庭園を作ったり建物を新設したりして、老中首座を輩出している藩にふさわしい風格と気品のある城内環境を造成することが賢明な将来展望策と考えます。その資金は南方貿易で獲得した収入を充当させようと思います。そうすれば殿様は自信を持って幕政の任を遂行できるし、浜田の領民もこの吉報に喜ぶし、浜田藩そのものの格が高まると思います。御家老様のお気持ちをお聞かせ下さい」

　この力強い八右衛門の進言に対して、岡田家老は浜田城内図と天守閣の城絵図の模写を室内にあった机の引き出しから取り出して、八右衛門と三兵衛に見せて、自らの構想と計画を、豊富な知識を駆使して説明し始めた。

「八右衛門と三兵衛、あなたたち二人の意見と考えは正しいし、それを実現するように思案するのがよいと思う。その前にこの浜田城が完成した歴史的経緯を説明し、私の主観を述べたいと思う。

　元和五（一六一九）年二月十三日、伊勢松坂の城主・古田重治は大坂の陣の戦功を賞せられ、石見国において那賀郡六十二カ村、邑智（おおち）郡三十カ村、美濃郡四十二カ村の合計百三十四カ村、五万石余を賜った。三月二十三日、重治は先発として家老の古田将監（しょうけん）、家臣の勝長兵衛、鈴木左傳（さでん）、星命兵左衛門、笹倉甚太夫（じんだゆう）、古市久馬らを大森奉行所に遣わし、竹村丹後守から領地引き渡しを受けた。先発の諸氏は、その後、浜田に向かった。先発隊は岩上の旧役所に入り、領地の山川・田畑の地理を検分することになった。八月十一日、古田重治は松坂を出発し、山陽道から安芸路に入り、邑智郡市木に向かった。その後、十七日に浜田に着いた重治は、岩上の館を補修して仮館と定めた。重治が入国して、最初の課題は城地決定であった。先発隊の者と協議したところ、美濃郡益田郷は土地が広いので、重治が実地を見ることになり、領内巡視の運びとなった。

　益田七尾城は、益田越中守（ますだえっちゅうのかみ）の居城跡で、一時、十二万三千石を有した本拠として城地が大きかったので、五万石では取り立てにくいし、津和野領に接近し過ぎる嫌いがあり断念した。

　三隅氏の居城跡、三隅高城は天険この上もないが、海岸から遠く離れていて交通の便が悪く、標高三百六十二メートルの城地は高過ぎた。周布の鳶（とび）ノ巣城は、周布氏の居城跡であり、城地は狭く水に乏しい。その上に城地が高山に連なり、要害が悪く、用いることはできない。

　浜田に帰った重治は、検分した城地は一長一短があって取り難く、浜田の地を再確認することにした。浜田の地は狭いけれど、石見の中心にあり、海辺に西から大山（だいせん）、鴨山、松山と山が三つあって、中の鴨山を城地と定めた。鴨山は輝石安山岩（きせきあんざんがん）からなっており、往古は島であったと思われる。城地が鴨山に決まると、次に土地の取得を進めた。そして、重治はこの地に田畑を持っていた百姓たちには代替地を与え、また、この地にあった厳島社は松原へ移り、宝福寺は下山し、来福寺へは松山の一部を代替地として移させた。この鴨山は敬川の川上五郎左衛門の其子（主人に奉仕し、雑用を務める者）の八右衛門の所有であったが、彼は五万堂に代替地をもらった。鴨山は亀山と改められ、築城については軍学者滝山一学（かずがく）が、防衛面を考え、古市久馬が攻撃面の立場を指摘し、松田武太夫（ぶだゆう）がそれに助言を与えて三人で設計して、計算は算術家の今村一正が受け持った。

元和六（一六二〇）年二月に築城工事が始められた。標高七十メートルの山頂を削って本丸とし、中腹の台地には二の丸を据え、さらにその麓に三の丸を置いた。また、城山の支脈、南の小丘夕日ヶ丘には出丸を構えた。築城に当たり重治は松山、二本松山に登って指示を伝達した。城地は、南・西・北の三方を川と海に接し、東の一方を陸地とする水際城郭で、城は海に臨む独立した平山城で、繰り返して説明するが、城山の頂上に本丸、中腹に二の丸、麓に三の丸、城山の支脈の小丘を出丸とした縄張りを持った。江戸幕府の基礎が定着した元和以降の築城であるこの城は、築城面からいえば未完成の城である。二の丸の普請や諸矢倉の設計が不十分なのは、五万石の財政上に理由があるが、要害として必要性はなかったのだと思われる。とにかく二の丸、潮見、大手の矢倉は台のみで、二の丸も一部は地山のままである。これは豊富な資金で建設しなければいけないと思う。

次に三層三階の天守閣であるが、本丸内の平地に直接礎石を置いて建てたという珍しい建築で、天守台を持たない独立式天守である。装飾的な破風は持たず、簡略化された外観を保ち、総塗込め瓦葺きの東南向きの天守である。また、切妻破風の玄関を構えている。形式は後期天守閣の範を示していて、望楼式といえるものである。これが浜田城が完成するまでの歴史的背景である」

ここまで歯切れの良い口調で話すと、浜田城の天守閣の城絵図と城内図の模写を再度八右衛門と三兵衛に見せ、ひとまず息をついて、続いて家老の新設工事のプランを開示しようとした。その時、満を持して八右衛門が話し始めた。

「現在の浜田城は御家老様の話からすると、五万石に相応した構造であって、もし改装工事を大々的に遂行して十万石相応の構造にすれば、その提示された工事内容の概容を幕府の処理機関は、あまりにも素晴らしい計画なので、この資金の出所や工事計画の理由を追及し、そのうえ喜ばすはずだった殿様も不思議がるだろうと思います。したがって申請する書類には控えめな内容にしておいて、実際の工事には南方貿易で蓄えた富をふんだんに傾注しようと思います。とにかく重要なのは、殿様の政敵である水野忠邦殿の存在であります。水野殿は殿様の歩んできた出世の道程をそのまま急追しているようでありますし、水野殿の出身母体である浜松藩はかなりの赤字財政を抱えた藩だと聞いています。殿様への嫉妬と浜松藩への情けなさと自身の野望が絡み合って、この計画の疑問点を将軍へ密告する可能性があります。とにかく殿様と水野殿が同程度の職に就いていたのは、文化十四（一八一七）年から、文政五（一八二二）年までの五年間の寺社奉行担当の時しかありません。その後はすべて殿様が先行して出世をしています。密貿易で蓄えた金で改装工事を施工することが幕府の上層部や将軍にわかれば、浜田藩そのものが壊滅させられると思います」

この話に家老は言った。

「八右衛門の言う通りだ。もし改装工事をするとすれば、破風を持った天守閣の増大工事と強大な諸設備の新設工事だけを幕府に打診をして、その他の大工事はまともに申請をせずに、遂行するしかないと思う。とにかくこの計画はこの三人で立案して実行しようではないか」

家老の口調は慎重であった。そして最後に、目をつぶって二人の話をじっくり聞いていた三兵衛が快活に話し始めた。

「城内の面積は今、約五万坪だがこれをもっと広くし、南御殿を増築し、酒・塩・味噌蔵・渋紙小屋・油部屋、また所々の土蔵の数を多くし、御茶屋を拡充すれば住みやすく働きやすい城内に変容すると思う。三人で良い知恵を出せば、無限に潤いのある城内構造図を企画できるから、おもしろいと思う」

三兵衛の意見の提示によって、この三人の討議は楽しい一時の団欒（だんらん）になったのである。この三人の会合でより強い絆が三人には結ばれたのである。そして今回の会合はここで散会となった。

その後、この遠大な改装工事を速やかで順調に挙行するために、藩主康任を取り巻く幕府の権力構造の実態を知らせておく必要があったので、岡田家老は八右衛門と三兵衛の二人をもう一度自分の屋敷に招こうと思った。そのほうがこの壮大な計画が予期しない障害の到来で、意気消沈して消滅させないためであり、もし障害が発生したら、すぐに除去することができると思案したのであった。特に、水野忠邦の出身母体である浜松藩の状態と藩政の様子、江戸幕府の将軍である徳川家斉の素行と横顔と生活実態、藩主の松平康任が担当した過去の職務や現在の地位と状態などを詳しく伝え、賢明な行動をとれるように教示した。それは、先日の会合から三日目のことであり、その席上、岡田家老は熱意を持って、二人に次のように語った。
「八右衛門と三兵衛、この壮大な工事計画を幕府に申告して承諾を得ても、今の幕府中枢では康任派と忠邦派が激烈な抗争を展開して勢力争いをしていると聞いているので、この計画の内容を知った忠邦が嫉妬をして、浜田藩と殿様の陰口を叩いたり、この工事に不審な点がないものかと疑惑の念を持ったり、それが原因で逆襲に転じたりしないかと心配なんだよ。殿様は、文化・文政期の幕府の実力者である水野忠成殿の歩調に合わせ、彼に追随するかたちで順当に昇役し、老中に就任しているから、後を追って殿様の地位を虎視眈々とねらっている忠邦殿の存在は極めて脅威として映るんだよ。だから、この計画が不審がられてもすぐに対処して行動できるように、忠邦殿について知っておいたほうがよいから、色々な知識を伝達しようと思うんだ。まず、浜松藩の歴史と状況について説明したい。

浜松藩は、遠江国敷知（ふち）郡浜松地方を領有している譜代の中藩であるんだ。元亀元（一五七〇）年六月、徳川家康公が入城し、十七年の在城を経て天正十四（一五八六）年十二月、駿府に移り、また駿府から関東移封になると、豊臣秀吉配下の有力大名である堀尾帯刀吉晴（たてわきよしはる）が天正十八（一五九〇）年七月、近江国佐和山から十二万石で移封し、続いて堀尾信濃守忠氏が慶長四（一五九九）年から一年間在封したんだ。慶長六（一六〇一）年二月、美濃金山藩から松平忠頼が五万石で入ったことにより、浜松藩が立藩されたんだ。さて初期の浜松藩についてだが、高力忠房は一代で二十年間勤めたが、浜松の城下が整備されたのは、この忠房の時代の時だったんだ。新田開発や治水工事にも積極的で、これは次の松平乗寿や太田氏の時代へと引き継がれたんだ。忠房は武将としても活躍し、大坂の陣でも功を挙げ、島原に転じた。次の乗寿は在封中に老中になって出世した。そして次の太田氏の時代に検地が行われたんだ。これを太田殿検地といって、太田氏は三万五千石であった。この領地の中心となったのが、敷知郡五十三カ村と長上郡六十六カ村の約三万石で、この所領が不変領地となって代々継承され、基本の領地となった。太田氏は資宗、資次と封を継いで、延宝六（一六七八）年に資次が大坂城代に就任し、藩主は青山宗俊に交替した。宗俊は浜松入封後の翌延宝七（一六七九）年二月に死去し、忠雄、忠重と継いで元禄十五（一七〇二）年に丹波亀山に転封となった。代わって本庄松平資俊が常陸笠間から入封した。入封五年後の宝永四（一七〇七）年に大地震が発生し、浜松の城下において大きな被害が出た。この天災のために農民と商人との間、農村と城下との間の対立が激化していった。一方で、本庄松平氏は、新田開発と治水事業に力を入れ、農業生産力の向上と安定を図った。また、遠州木綿の栽培が農民の副業として盛んになっていくのがこの頃で、農村の経済力が高まっていった。経済圏は城下町あるいは藩内という狭い地域から急速に拡大していった。本庄松平氏の二代目資訓は享保十四（一七二九）年に三河吉田へ転封となり、代わって大河内松平氏が藩主となるが、寛延二（一七四九）年に再び松平資訓が浜松城主となった。この二度目の本庄松平氏時代には、一種の反体制運動である大念仏の行事が広まった。したがって、藩ではたびたび禁止令を出した。次の藩主井上氏から目安箱の設置などで少しでも不平不満を和らげようとしたが、農民の活力を権力だけで抑えられる時代ではなくなってしまった。さて、本庄松平資訓、資昌と続いた第二次本庄松平時代は宝暦八（一七五八）年に終わり、その後に井上正経が入り、正定、正甫と続いた。正甫はその後、奏者番となったが水野忠邦殿に引き継いだんだ」

ここまで述べると、家老の知識と見識の素晴らしさに魅了されてじっと聞いていた八右衛門は次のように言った。

「御家老様は、殿様の留守を守る責任者だけあって、切々と胸に迫る臨場感あふれる気概と気迫のすごいものが伝わってきて、御家老様の話が全身に木霊しますよ。時間を忘れて聞き惚れてしまいますよ」

八右衛門の隣に座っていた三兵衛も八右衛門と同じ気持ちだと伝えるように、大きく頷き即座に言った。

「御家老様の話はおもしろいし、また、勉学に勤しんでいることが理解できるから、思う存分話して下さいよ」

この注文に頼母は嬉しい表情を見せ、話を続けた。

「次に、忠邦殿の藩政改革の実態について述べたい。この藩政を担う姿勢の中に忠邦殿の人間性が表出していると思うから、話したいんだ。忠邦殿の改革はたぶんに封建的であって、藩財政の再建のために、厳しい収奪を行うことを基本としていたんだ。それが、勧農奨励と上納金や調達金の納入の強化、藩の借金返済の停止、藩士への教育強化、軍事改革にあたるんだ。勧農奨励とは、農業生産性を向上させて年貢を増徴させる収奪強化であり、そのために農民を土地に縛り付けて労働力を確保し、他所での穀類の売買の禁止や勘当の禁止を通達した。社倉、義倉を設けての取り立て強化や倹約令の発布、さらに五人組を通して勧農命令の徹底を図った。次に借金返済の中止についてだが、天保元（一八三〇）年正月に、鴻池・住友ら大坂十家に対するものを除いて適用した。いわゆる踏み倒しであるが、これによって帳簿上は藩財政は好転し、天保元年には黒字を出した。次に藩士への教育強化についてであるが、藩内秩序を回復して出奔を防ぎ、新規採用を中止し、役人の衣服を定めて華美を戒めるなど細部に及んだ。なお、藩校の経誼館を設けて儒教思想のもとに文武一致を掲げて、藩士と、その子弟への教育を行った。次に軍事改革面についてであるが、長沼流兵学の導入、農兵隊の編成のほかに、藩領が遠州灘に面しているために海防御備組を設置した。海岸をいくつかに区割りをして、農兵を組織し、隊を編成して、海防に備えたのであったのだが、農民は農業生産の暇をみては訓練に従事しなければならず、その負担は大きかった。これらの封建的藩政改革は当然のごとく不評であった」

幕府の最高権力者、第十一代将軍徳川家斉

ここまで話をすると、頼母は喉が渇き、三人でお茶を飲んで休憩に入ることになった。頼母は好奇心旺盛で色々なことに興味を示す性質だったので、休憩後の頼母の話に早くも八右衛門と三兵衛は待ちこがれることとなり、頼母の話の豊富さにこの二人は、いつまでも時間を忘れて聞くようにしたいと思った。少し時間が経過して、流暢な口調で話せる状態に体が回復すると、頼母は次のように言った。

「今の幕府で最高の権力を持っているのは、第十一代将軍の徳川家斉様だ。この我が藩の

遠大な工事計画が不正な収入によって実行に移されることが将軍にわかると、関係者は全員切腹、お家断絶、浜田藩は取り壊しになる。そのために事前に将軍様の全てを知っておく必要がある。そこで肝心要なことを説明することにしよう。家斉様は安永二（一七七三）年十月五日、御三卿一橋治済の長男として江戸一橋邸で生まれた。母はおとみの方であり、安永八（一七七九）年に第十代将軍の徳川家治の世子である徳川家基の急死後、父と田沼意次の裏工作、ならびに家治に他に男子がおらず、また家治の弟である清水重好にも病弱で子供がいなかったことから、天明元（一七八一）年五月に家治の養子になって、家斉と称したんだ。その後、天明六（一七八六）年に家治の急死を受け、天明七（一七八七）年に十五歳で第十一代将軍に就任した。将軍に就任すると、家治時代に権勢を振るっていた田沼意次を罷免し、代わって陸奥白河藩主の松平定信を老中首座に任命した。これは家斉が若年のため、家斉が成長するまでの代役にしようと御三家が考えた結果である。定信が主導した寛政の改革では、積極的に幕府財政の再建が図られたが、厳格過ぎたために家斉や幕府上層部から批判が起こり、家斉と定信は対立するようになった。寛政五（一七九三）年七月、家斉は定信を罷免し、松平信明を老中首座に任命した。しかし、文化十四（一八一七）年に信明は病死した。このため文政元（一八一八）年から、家斉は側用人の水野忠成を老中首座に任命した。忠成は定信や信明が禁止した贈賄を自ら公認して収賄を奨励した。さらに家斉自身も奢侈（しゃし）な生活を送るようになり、これに外国船対策としての海防費支出が拍車をかけ、幕府財政の破綻と綱紀の乱れが起こった。忠成は財政再建のために文政期から天保期にかけて、八回に及ぶ貨幣改鋳と現貨幣の大量発行を行っているが、これがかえって物価の騰貴などを招くことになった。天保五（一八三四）年に忠成が死去したので、我が殿様が老中首座に昇格したということなんだ。

また、家斉様は十八人の妻妾を持っている。この人たちについて一人一人説明しよう。正室は近衛（このえ）寔子（ただこ）様で、側室はお万の方、お楽の方、お梅の方、お歌の方、お志賀の方、お里尾の方、お登勢の方、お蝶の方、お美尾の方、お屋知の方、お袖の方、お八重の方、お美代の方、お八百の方、お以登の方、お瑠璃の方、猶子である。

次に将軍の一日の生活についてであるが、将軍は卯（う）の刻（午前六時）に起床し、うがいと洗顔をして大奥の仏間に行って代々の位牌を拝んだ後、朝食をとって御髪番の小姓に髪を結わせ、髭を剃らせる。その後、六～十名の奥医師が診察をする。内科は毎日で、外科・眼科・鍼科などは三日に一度診察をする。以上のことが終わると、午前九時頃に神棚を拝みに再び大奥に行く。中奥に戻ってくると普段着に着替えて、昼までが将軍の自由時間となる。この時間中に弓槍剣術の稽古をしたり、奥儒者の講釈を聞いたり、馬場で馬に乗ったりする。昼食後は政務を執る。老中からの伺いの書面を一件ごとに読ませ、将軍が決裁をする。ごく少ない時でも二〜三時間、多い時には夕方や深夜にまで及ぶこともある。夕方には浴室に入り、小姓に衣類をぬがせ、風呂場では湯殿掛が体を洗う。入浴後に夕食となり、食事後亥の刻（午後十時）頃の就寝までが将軍の寛ぎの時間であり、小姓相手に将棋・囲碁・拳玉などの遊戯をする」

頼母が話す将軍家斉の横顔や私生活を聞いて、八右衛門と三兵衛は羨ましく思い、なお一層、浜田城ならびに城内大改装工事の計画策定と遂行に闘志が燃えていった。そして、八右衛門は頼母に興奮して言った。

「御家老様、早くこの大工事の計画についての詳細の書面を幕府に提出して、認可をしてもらって、業者に発注をし、大工事を実施してもらいたい気持ちでいっぱいですよ。体中に闘志が漲って抑えることができませんよ。御家老様の話は俊敏な頭脳による説得力のある内容として理解できますから、何でもその気にさせますよ」

そして、この機を逃さずに、頼母は自分の抱負と将来の展望を一気にまくし立てた。

「私は今、老中という重責を担っている殿様に会うつもりだ。この浜田城ないし浜田城内の大改造計画は、殿様に面会して腹を割って説明して工事の開始を納得させなければいけないと思う。殿様は大物だから絶対にこの構想を理解してくださると思うし、康任派が主流の幕府の中枢機関も納得してくれると思う」

藩主松平康任の実力と才覚

そして話を続けて、二人に重要な点を教示しようとした。

「ここで殿様の大物ぶりを知る上で、今まで殿様が歴任した重職を一つ一つ紹介し、二人に説明したいと思う。

まず文化九（一八一二）年に就役した奏者番（そうしゃばん）についてであるが、この役職は、年始・五節句の時に大名や旗本などから将軍への拝謁の取り次ぎや進物・献上物などを将軍に披露する役目をしたり、大名の参府の時の将軍の使者が行う大名の病気見舞いの取り次ぎ、御三家・御三卿以外の大名死去の時の使者、将軍御目見えに際してする大名子息らの殿中儀礼の伝授などが、主な内容であった。なお、奏者番の執務形態は、担当が毎日交代する日番制であった。当番日は毎月の二十八日頃に作成され、部屋に張り出されるのと同時に回覧された。

次に、文化十四（一八一七）年に担当した寺社奉行について説明したい。この職務は、全国の社寺および社寺領の人民や神官僧侶、楽人、連歌師、陰陽師、徳川氏に縁故のある農工商民らを支配して、その訴訟を裁判することであった。月番を定めて勤務をし、この職は大名から選ばれた。執務は、各奉行の江戸藩邸を一部改築して行っていた。訴訟などの裁許にも藩邸が利用された。

次に、文政五（一八二二）年に任命された大坂城代について述べたい。この職務は、大坂城を守衛して西国諸大名の動静を監察することであった。また、大坂町奉行、堺町奉行を監督して訴訟を裁決し、また大坂町奉行所の目安箱の鍵を預かり、その中身に目を通した。将軍の代理的地位であるから、定番以下諸役人と対面する時も一段高い座についた。

次に、文政八（一八二五）年に就任した京都所司代について述べたい。この職務は定員一名で、朝廷や西国大名の監察、京都・西国支配の要となる重職であった。御役知として一万石を支給され、下に与力が五十騎、同心が百人付属していた。

次に、文政九（一八二六）年に栄進の象徴として就任した老中について述べたい。この職務は月番制で、登城は巳（み）の刻（午前十時）であり、この時は御太鼓を打つ。朝廷関係・

外交をはじめ、幕府の財政や知行割り、大規模な普請などを担当した。また、大名からの願い事や諸届けも老中が扱った。老中の指示は、将軍の指示ということであり、特定の大名には老中奉書で伝えられるが、広く伝達する場合には、江戸城にて大名登城日に伝達したり、幕府役人を通じて文書または口頭でなされた。また、毎月五日ほど登城前の早朝に大名や旗本が会いに来る対客日があり、自宅での仕事も多い。江戸城内での儀式には中心的な役割を果たし、将軍家の家事も扱うため、城内の紅葉山廟所などを訪問することもあった」

頼母が真剣に筋道を立てて話す事柄に聞き入っていた二人は、藩主の康任の実力と才覚に圧倒され、早く頼母に江戸に行ってこのスケールと器の大きい工事計画を老中首座の康任に打ち明けてもらい、工事が遂行できる承諾をしてもらうようにと、頼母に懇願した。

頼母は江戸へ行くことは当然だとして、すでに行く準備と身辺整理をしていた。行くとなると何人かの側近を従えて、芸州街道・山陽道・東海道を通って、一カ月くらいかかって江戸に到着するのである。頼母の同伴者は、康任との面会が成功し、工事計画の打診と承諾が手際よく進むように人選が進められた。そして次の者に決まった。祐筆の安藤三左衛門、勘定頭の伊原唯右衛門（ただえもん）と大屋休兵衛と田村瀧左衛門と福原吉左衛門、御徒頭（おかちかしら）役の坂口幸左衛門の六名であった。この六名は、松平周防守時代の家来の中でも、上層部には従順な気質をもって行動し、幅広い人脈と対人関係を保持している代表格であった。また、この者たちは英知と行動力を駆使して頼母を守り、最善で的確な動きをするので、このメンバーに決まった時、頼母は小躍りして喜んだ。江戸へ出発する日は、頼母の屋敷に八右衛門と三兵衛が参集して、この計画の遂行が円満に進むことを願って頼母を見送った。

その後、頼母一行は江戸に着き、江戸城西丸下付近にある老中首座に与えられている屋敷へと向かった。執務を行っている江戸城本丸の御用部屋よりも老中公邸で面会して、合議を行うほうが話がよりよく進むという判断で、公邸の客間を使うことになった。客間では康任と頼母の二人だけになり、他の同伴者は大事な話だということで、別室かそれとも、老中公邸の前面にある二重橋に立って議事の進行が終わるのを待っていた。極めて重要な話なので家にいた康任の正室のお万喜(まき)も挨拶さえもできず、二人の会話を別室で聞いていた。この正室のお万喜は、浜田藩第十二代藩主の松平康定の娘であり、この康定も奏者番、寺社奉行という栄進の途を歩んでいたので、同じ世界に住む主人の器量を慕って家老が訪問して来たからには、二人と同席して議事の進行を間近に注視したかったと思われた。また、康任の正室と側室は仲が良く、行事の時には共同行動をするのが常であったので、側室のお千恵・お千世（細川泉守の家臣の藤江栄次郎の姉）、お里尾（菊屋庄兵衛の娘）、お琴、お徳（福島氏の娘）、お勇（鈴木氏の娘）の六人は、お万喜の隣に座ってじっと二人の会話を聞いていた。

松平康任、幕府の老中首座を失脚

この席上で頼母は、浜田城の天守閣と城内の城の絵図を康任に提示して、話をし始めた。
「殿様、今回は赤字続きの浜田藩ではありましたが、領民の努力と誠意によって藩の財政も黒字に転じ、藩政も安定してきました。殿様も幕府中枢の老中首座という要職にいる手前、出身の浜田藩も実質的、形式的にも発展し、隆盛しなければいけません。そのために今回、浜田城ならびに城内大改造計画を策定しました。

まず第一に、三階建ての天守閣を破風のある五階建てに増築する工事、第二に、一の門・二の門・中の門の拡張・増幅の工事、第三に、南御殿を増築して部屋数を増大する工事、第四に茶屋を拡充する工事、第五に、城内の敷地面積を拡大して整備する工事、以上です。この計画は、浜田藩の発展とともに浜田藩の藩士や領民の願いであり、早く実行に移してほしいと皆が願っています。殿様、なにとぞご許可下さい」

この気宇壮大な計画の公表に康任は驚き、頼母に質問をした。

「岡田殿、まさか密貿易で入ってきた高収入かそれとも、大事な領民から収奪した不正な金でこの計画の財源にするのではあるまいな。それが真実とするならば、この計画は許可しないし、岡田殿には全ての責任をとってもらい、切腹を申しつけるぞ」

この言葉に、頼母は驚き返答した。

「殿様が順調な出世で老中首座に就任し実力を発揮しているのは浜田藩の名誉であり、領民の喜びであります。また、殿様の政敵である水野忠邦殿が老中首座の職を虎視眈々とねらっているということは、浜田藩でもすでに噂になっております。こういう大事な時に、不正な金で計画を推進しようとは思っておりません。殿様に恥をかかせ、水野殿の思う壺にはまらせることは一切しません。この計画の財源は、汗と涙と長年の努力の結果による収入であります」

この返答に康任は喜び上機嫌の表情になり、頼母に言った。

「岡田殿、気持ちはよくわかった。藩主としては、この計画を遂行して成功するように指揮を執ってもらうことを願うばかりだ。幕府の事務方とも話し合って、この計画を認可するようにしたいと思う。しかし、素晴らしい工事の内容だな」

　この言葉を聞いた頼母は、これで八右衛門と三兵衛に、いい話を聞かせることができると思い安堵の胸をなでおろし、体中が活気に満ちた状態になった。この会談の終了後、頼母は康任の許可をもらって、別室に同伴者を全員集めて、会談の内容と感想を表明した。

「殿様の理解力には素晴らしいものがある。さすがに老中首座になっただけの英知と格式と包容力があるし、浜田藩の藩士や領民の発展と繁栄を願う先見の明がある。元々老中になる資格は、祖先以来徳川氏に忠勤した十万石前後の譜代大名から選出されるのが常道であるのに、五万石程度の藩の大名が就任するのは、何か特筆すべき才能と器がないとできない。それに老中首座の権威は極めて高く、絶対的なものがあって、御三家御三卿も会釈するほどで城中で行き会った諸大名は行列でも道を譲った。そして、国主大名に対しても将軍や大老並みに『その方』と呼んで命令するくらい権勢を誇っている。だから大名にとっては、藩士に不自由な思いをさせてでも老中になりたがるものだし、老中になっても羽振りをよくするためにわざと務めを多くさせようとする。うまく務めれば加増になるが、そうでないと名誉欲を満足させるだけなのだ。しかし、この藩の殿様は、謙虚で頭が低く、威風堂々と浜田の将来の良き未来像を考え、積極的な構想を練っておられる。やはり老中首座に就任できる資格と俊敏な見識を持っておられるなと思った。また、幕府の権力構造というのは、西の丸の大御所様と本丸の将軍の方とが抗争が起こると、二派に分かれて、その勢力関係で幕閣が動揺し、そのたびに老中の政権争奪が開始されてきたという歴史的事実がある。しかし、康任様の老中首座の就任で康任様には人望と人気と信頼度が高いので、城中の人が皆安心できるし、幕府中枢の活動も円滑に進んでいるという様子が窺えた。これで栄誉栄達の道を真っしぐらに突き進んでいる水野忠邦様も、少しは自重して康任様の行動と思想に共鳴し、対抗意識を向けないと思う。しかし、忠邦様の権謀はいつ惹起するかわからないから、これからも注意深く忠邦様の動きを見守り続け、監視しなければいけないと思う」

この話を聞いた頼母の同伴者は全員口々に言った。

「康任様は旗本の松平康道殿の長男であったのにもかかわらず、藩主の康定様の養子となって家督を継ぎ、十三代浜田藩主となった。そして、水野忠成殿の後任として老中にも就任したのですが、忠成殿と同様に賄賂には大変寛容なところがあって、但馬出石藩仙石家の筆頭家老の仙石左京から六千両の賄賂を受け取り、その結果、実弟の分家旗本寄合席・松平主税殿の娘を左京の息子の仙石小太郎に嫁がせたという噂が、浜田藩領内の隅々で囁（ささや）かれています。殿様の性格は、忠成殿の面目を立てるための施策を遂行する優柔不断なところがあるのだなと思います。また、将軍の寵愛を得るために、将軍が賛同した忠成殿の政策をそのまま遂行し、独自色を打ち出せないでいるのは、職務実行に必要な勇断を下す力がないのだと思います。御家老様が殿様との会談が成功したからと言って、喜ぶのは早計だと思います」

　この話を聞いた頼母は、自分よりも浜田の良識ある藩士や領民のほうが真実を知っているし、この先、物事が良い方向に進むのか疑問に思うようになった。そして、水野忠邦の攻撃で康任が失脚し、この工事計画が日の目を見ずに消えるのかという幻想に苛まれるようになった。しかし、藩主の康任は重要な幕閣と一緒に計画実施の命令を下してくれると確信し、同伴者と江戸を出発することにした。その後、一カ月くらいかかって浜田へ帰ったが、浜田藩領内では頼母は、なかなか面会することすらできない殿様には、

「立派な人柄と人間味あふれる態度が印象に残ったから、殿様には畏敬の念を抱いているんだ」

　という気持ちを民衆に言い聞かせることによって、浜田城・城内改造計画の実施に協力を求めようと思った。さて、老中首座の康任は、頼母が提示した浜田城天守閣ならびに浜

田城内改造計画の書面や図面を、他の老中や若年寄らの幕府中枢にいる実力者に支援と計画の遂行の意思決定をしてもらうために見せることにした。この計画を知った実力者たちは、よくこの工事計画を実施できる財源を確保したものだと思い、浜田藩には親藩の中でも特に良質な藩だという評価と審判が下されたのである。しかし、康任の宿敵の忠邦は、赤字が続く脆弱（ぜいじゃく）な財政的基盤の浜田藩が、なぜ城の大改造建設を実施するために必要な膨大な資金を確保できたのか疑問に思うようになり、ひょっとして不正な手法によって工事遂行の財源を築いたのではないかと思い、疑わしい工事遂行の財源づくりの様子を、将軍家斉に密告することにした。勢力争いを康任としている手前、康任を失脚させて、早く現在就任している西丸老中から本丸老中へと昇進したいと思ったのである。しかし、家斉が成長するまでの実質的な権力者であった松平定信が主導した寛政の改革の政策を継続していた、寛政の遺老が多く家斉の側近として家斉を支えていたために、容易に近付くことができないため、家斉が寵愛（ちょうあい）していた側室のお美代に近付き、浜田城内の改装工事に必要な資金の出所の不正な点と真相を告知しようと思った。また、家斉の数多い側室の中でもこのお美代は生来の美貌と才智に物を言わせ、栄達を極め波乱に富んだ生活を送っていた。希に見る美人で、また、才女であったので、忠邦はお美代の生き方に共鳴し、お美代に恋心を抱くようになっていた。お美代に工事計画の財源の出所の不正な点を教示することを餌にして、情事を働き家斉にこの話を伝達してもらうことを企んだのである。このお美代は三人の女子を産み、そのうち一人は早世したが、他の二人は加賀百万石の前田家と、芸州四十三万石の浅野家の殿様の正室となっており、子供運に恵まれていた。なお、このことによって前田家は家格・格式が上昇したために、江戸上屋敷に赤門を造営したのであった。しかもお美代のおかげで、養父の中野播磨守清武は三百石の御小姓組から二千石の新御番頭にまで昇進し、家斉の寵臣として老中を凌ぐほどの羽振りを利かせた。また、実父の日啓という日蓮宗の僧侶は、大奥の祈祷所智泉院の住職となり、奥女中の盲信を集め、ついには智泉院事件という桃色事件まで起こし、世間を驚嘆させた。この将軍家斉は、将軍在職期間が五十年で歴代将軍の中でも最長記録である。非常に身体壮健で、毎晩のように晩酌をしていた。遊び狂っていた腐敗将軍として有名で大奥に入り浸り、幕政をほとんど主導しなかった。こうした家斉の私生活を忠邦は知っていたので、お美代を誘惑して情事に耽っても、家斉には咎められないと確信したのであった。また、家斉には側室が四十人または五十人いるという噂が幕府中枢で流布していたので、それに反発した行動をとりたいという意思が忠邦にはあったのである。

江戸城大奥とは

ところで、お美代は普段は大奥にいた。大奥とは、江戸城内に存在した将軍家の子女や正室、奥女中たちの居所であった。江戸城内は、本城（本丸・二の丸・三の丸）、西丸、紅葉山、吹上御庭、西丸下で構成されていた。このうち、大奥が置かれたのは本丸、二の丸、西丸の三つの郭である。本丸は将軍夫妻、二の丸は将軍の生母やかつての将軍に仕えていた側室、西丸は世嗣夫妻や大御所夫妻が住まいとしていた。忠邦はお美代がいる二の丸御殿へ行き、お美代と面会した。お美代との対面が許された時、開口一番、忠邦はお美代に次のように言った。

「お美代の方、今、幕府中枢で不穏な動きがありまして、将軍様に上申するのも唐突な手法での伝達ですので、まず将軍様が一番溺愛（できあい）されているお美代の方に申したほうが自然なかたちでの報告と思い、今日この大奥に参上しました。実は、老中首座にいる松平康任殿の所に腹心の岡田家老が参りまして、浜田藩に潤沢な資金があるからと言って、壮大な浜田城改造工事の計画の概要書を家老が松平殿に渡したとのことです。しかし、浜田藩は今、未曾有（みぞう）の赤字財政が続き、藩挙げてこの難局を乗り越えようとしています。この逼迫した

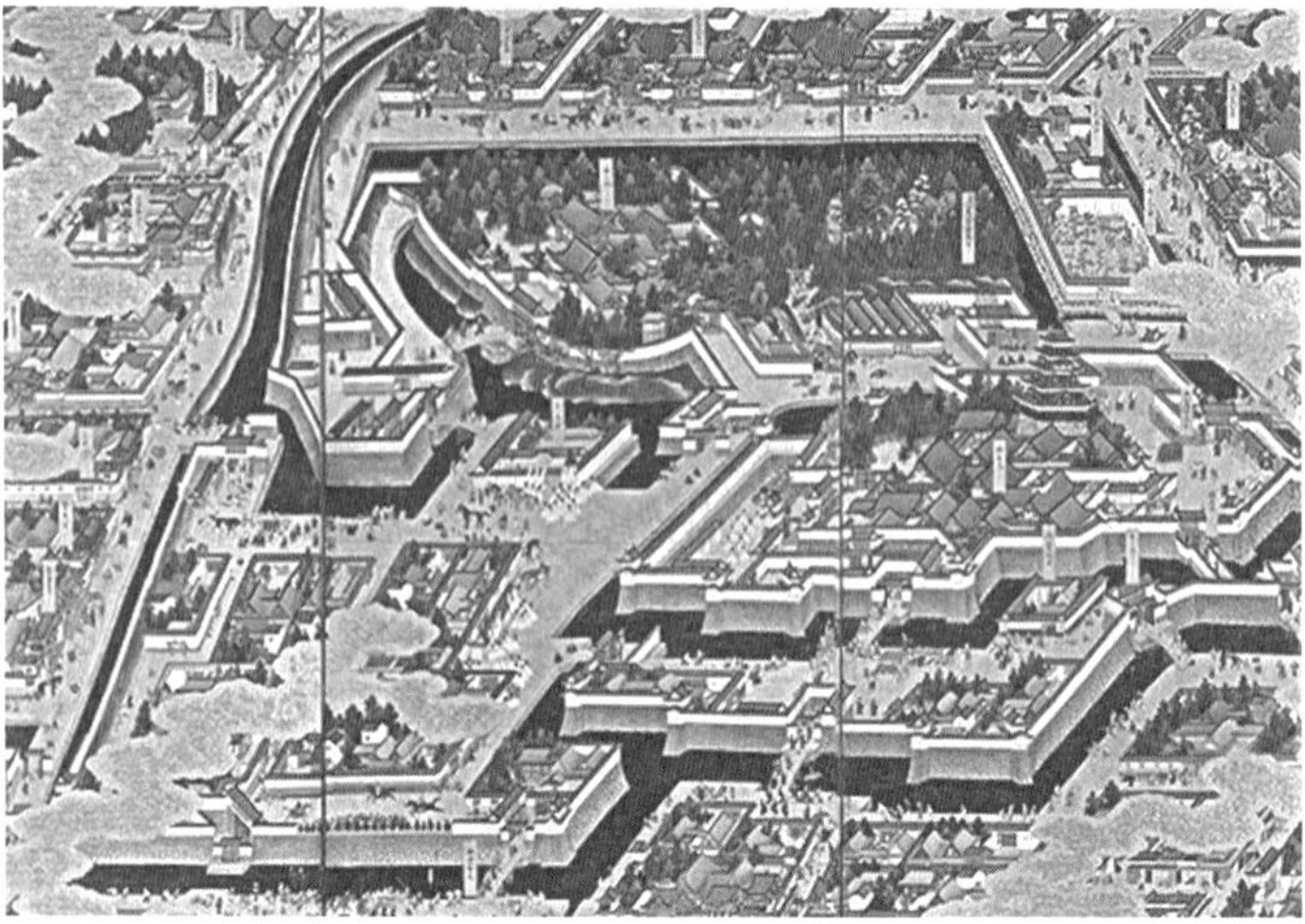

「1600年代の江戸城内図」（フリー百科事典「ウィキペディア」より）

情勢下にあるのにもかかわらず、多額の資金を必要とする大工事を認可してくれと言って、訪ねてきたそうです。幕府中枢は康任殿の人望とこの大工事の計画の正当性と内容の説得力に賛同して、認可する方向で動いているようなのですが、私はこの工事の資金と財源の出所について、どうしても腑に落ちない所があると思うのです。ひょっとして密貿易で蓄えた疑惑の金か、貧しい領民から収奪した不正の金か、何か他の手段によって獲得した工作資金なのか、私には隠された秘密があると思うのです。この意見と考えをお美代の方から将軍様へ伝えてもらえれば幸いと思います」

この話を聞いてお美代は答えた。

「千代田之大奥　歌合」（浮世絵）橋本周延画（フリー百科事典「ウィキペディア」より）

「水野殿、何でも推測で物を言ってはいけませんよ。浜田藩が赤字財政という理由で、康任殿が他の老中や勝手掛たちとの交遊資金や首座としての必要経費の確保を願っているのにもかかわらず、送金を渋っているのは聞いています。また、但馬出石藩で発生している、仙石左京から六千両もの賄賂を受け取って、左京に肩入れをしているという不正の計らいも知っています。とにかく、水野殿の話は真実味があるので、家斉様には伝えようと思います」

このお美代の返答に忠邦は喜び、日頃から思い続けていたことを告白した。

「実はお美代の方、あなた様の美貌と賢明な頭脳には以前から敬服し、一度お茶でも一緒に飲みたいと思っていました。いつか大切な時間を割いて、一時（ひととき）の歓談をしていただけないでしょうか」

この恋の告白にお美代は、情事を重ねたいという忠邦の下心を知って答えた。

「水野殿、私は父への親孝行のために、大きな寺院を持たせてあげたいと願っています。谷中の感応寺は天台宗の寺で、法華宗に改宗するように運動しているのですが、難航しています。そこでこの寺を護国山天王寺と寺名を改め、新たに池上本門寺の支配として建立することにしたのです。二万八千六百四十二坪五合の土地に、客殿・玄関・庫裡（くり）・居間・台所・米蔵・惣門（そうもん）を備えた寺院を造営するつもりです。すでに寺社奉行所より千百七十八両が寄進され、また、大奥や同じ側室からも寄進がありました。水野殿が私に特別な関心を持っているのならば、この状況を鑑みて少しばかりの寄進をしてほしいのですがいかがでしょうか」

この返答に忠邦は落胆した。お美代の強か（したた）な思考に忠邦の安易な遊び心は消え、想像以上の才覚と英明さがお美代には備わっていると思い、側室の中でも光り輝いている一国一城の主の姫というお琴に面会して、話を切り出したほうがよかったのかと思った。なお、将軍の側室というのは、多くは身分の低い家柄の出身者が多かった。しかし、お琴の方は紀州家付家老で、紀伊国新宮城主・三万五千石の水野対馬守忠啓（ただあき）の四女であった。付家老の家は、祖先が幕政に参与していた家柄で、また、禄は幕府から与えられたもので、付家老の格式は老中に準じていて、江戸に参府もするし、江戸に邸も構えていた。このお琴の方なら忠邦の人間像に共鳴して、同調してくれるだろうと思った。すでに大奥に来て、徳川家慶の側室になるように送り込まれており、大奥での生活に慣れ始めていた。この大奥史上、最高の上級の家系から輩出されたお琴に手を出さずに、機知に富んだお美代に手を出し、お美代の術数に嵌まった忠邦であったが、寺院建立のための寄進については、前向きに考えたいとの返答をしてお美代の機嫌をとった。

その後、忠邦がお美代に話した内容は、家斉が午前九時頃に神棚を拝みに行くために大奥に出向いた時に、お美代から全てを聞き、その内容からして幕府中枢の動きに支障が来ないかと案じ、事の真相を確かめるために、本丸御殿の中奥の西側に設けられていた「御(ご)座之間(ざのま)」という応接間に、政務を執り終えた夕方頃に康任を呼んだ。この席上で、家斉は忠邦が康任を失脚させるために考えついた猿芝居が濃厚な話の内容だと、半ば康任に肩を持つ様相で話の真実を聞き出そうとした。また、家斉自身、康任が就任している老中首座の前任者だった水野忠成(ただあきら)が行った贈賄・収賄の奨励策を黙認していた手前、強い態度で康任には接触できなかった。それに家斉が自由奔放な生活を送ることで支出が増大して、幕府財政の破綻と幕政の腐敗を招いたので、意気消沈した様子で康任との会話を開始した。

この席上、家斉は康任に次のように言った。

「先日、お美代の方から水野殿の思いを聞いたのだが、浜田藩の岡田家老の方から壮大な浜田城増設工事の申告があって、認可をしてほしいと松平殿の所に岡田家老が訪ねて来たということだが、松平殿、それは本当か」

この質問に康任は、事の一部始終を筋道を立てて説明した。

「実は本当です。今、赤字財政で藩政が苦慮している時に、こういう素晴らしい工事計画の案を岡田が持って来たので、工事計画の概要とその財源の出所を細かく聞いたら、全て納得できる状態であったので受理しました。後は、幕府中枢の事務処理方が認可すればよいわけでありまして、その吉報を待っているというわけです。私も浜田藩も支出が多い時でございますが、奮闘努力するように伝えました。将軍様もこの気持ちを理解して下さって、ご支援していただきたいと思います」

こういう返答をしたり、家斉と心底心を通わせるため、二人は平素、生活上においては「楓之間」で将棋を指したり、「御膳所」で用意した夕食を一緒に食べたり、「御湯殿」に入り風呂に浸かって、双方が体を洗い流したりして、心の交流を図っていた。この行動を通して家斉は康任の心の豊かさを知って、上機嫌になって康任に言った。

「松平殿、浜田藩は、平素から格式の高い良藩と思っていた。今回の工事は浜田藩の良識と領民の努力によって遂行されると認識している。工事に先立って申し渡しておくが、ぜひとも死傷者を出さずに工事を完遂してほしい。立派な城内にでも改修されれば、松平殿も政務をやりがいを持って担当できるからね」

このやりとりを知って忠邦の野望は消えて、忠邦は失望したのである。

なお、幕府は、大奥には二十万両という年間予算とは別に、三千両という御手許金を拠出していた。御年寄から最下級の女中の末端にまで分け与えられ、慰労金的な性格の金を惜し気もなく出資するほど、大奥を大事にしていたのに、家斉がお美代の伝言に真っ向から反発し、康任の人間性と浜田藩の存在に好意を持ったということは、康任の実力と手腕の立派さと言えた。しかし、忠邦の康任に対するライバル意識は想像を超えていた。

今度は、変装の名人で、隠密行動をとって悪事を探知すれば、幕府に密告する、間宮林蔵を使って、康任の追い落としを画策しようとした。忠邦は、天保五（一八三四）年に、西の丸老中から本丸老中へと出世したので、張り切って業務に精を出していた。西の丸老中は、西の丸住みの大御所や将軍嗣子の家政を務めるのが本職で、西の丸家臣の統括管理者であった。しかし、幕政には関与しなかった。ところが、本丸老中になると大目付・町奉行・遠国奉行・駿府城代らを指揮監督し、朝廷・公家・大名・寺社に関する事柄、知行割りについて、それを主に担当した。忠邦がライバルとして一目置いていた康任は、この時老中首座になっており、財政担当を専門にした老中の顔として、幕政に参加していた。忠邦は、林蔵が浜田へ行って八右衛門一行が密貿易による商取引で、珍しい物を持ち帰り、その珍しい土産物が一般の人々に行き渡っているということを察知していた事実を、入手していた。この事実の真偽を知るために、林蔵を呼んで話を聞くことにした。西の丸下の屋敷に呼ぼうと思ったが、早く事を済ませるために、江戸城本丸御殿にある「御用部屋」と呼ばれる執務室に招いた。午前十時から午後二時頃までこの部屋で執務をしているので、この執務時間中に来るようにと、忠邦は林蔵に要望した。そして、約束の時間に来た林蔵は、忠邦に言った。「水野殿、松平様に対して宿敵の気性を持っていることは知っていま す。また、何か松平様の弱みを探していることは十分知っております。どういったことを説明すればよいのですか」

この質問に忠邦は答えた。

「間宮殿に私の政治戦略を聞く意志があるのだから、単刀直入に思うことを言いたいし、具体的なことを聞いたりしたいと思う。実は先般、松平殿の所に浜田藩の岡田家老がやって来て、壮大なる浜田城改造計画の試案書を提出して認可してほしいとの要請があったようなんだよ。計画の規模からして莫大な財源がいると思うんだ。しかし、今の浜田藩の力からして、この財源に見合う金はまずないのだから、密貿易で得た疑惑の金ではないかと踏んでいるんだ。ちょうど軌を一にして、間宮殿が浜田に行った時に密貿易の実態を掴み、そのことを大坂町奉行の矢部定謙殿に報告したということを聞いています。どうやらこの密貿易の主犯は会津屋八右衛門という人物のようだと、状況証拠からして立証できるようなんだよ。間宮殿は二年前から、水戸藩に出入りして徳川斉昭殿や藤田東湖殿と交流をして、水戸藩に素晴らしい献策をしている。また、寺社奉行の川路聖謨殿とも交友関係があり、間宮殿の人間の幅の広さを物語る行動が随所に見られるんだ。これほどの人材が私の質問に答え、説明してくれると嬉しい限りなんだよ」

　林蔵は、自分の存在を忠邦が信頼して頼りにしてくれていると思い、今感じていることを全て話した。

「水野殿、私が浜田に行った時のことを具に話します。どうも浜田の人の庶民性というのは、大事なことや自分に不利になることは隠したがる性質があるようです。自分たちにとって不利なことが発覚しないようにと願っているんでしょうね。だから、水野殿が問題にしている浜田城大改造計画の財源の出所も、浜田の領民の気質からすれば本当のことは言わないと思う。したがってもう少し彼らの動きを見て、調査をする作戦に考え直したほうがよいと思うのですよ」

忠邦は、林蔵の言ったことに同調して様子を見ることにした。しかし、忠邦の康任に対する競争心は、凄まじいものがあるということが判明し、忠邦を知る人は、忠邦の一貫した執着心の凄さを知ったのであった。

ここで、林蔵と交流していた徳川斉昭、藤田東湖、川路聖謨の三人の横顔を紹介したい。まず徳川斉昭についてであるが、斉昭は常陸水戸藩の第九代藩主で、藩政改革に成功した幕末期の名君の一人である。幼少の頃から会沢正志斎（あいざわせいしさい）の下で水戸学を学び、聡明さを示していた。藩校の弘道館を設立し、下士層から広く人材を登用することに努めた。斉昭の改革は、忠邦の天保の改革に影響を与えたといわれる。また、大規模軍事訓練を実施したり、農村救済のために稗倉の設置をしたり、さらには西洋近代兵器の国産化を推進した。幕府には、蝦夷地開拓や大船建造の解禁を提言した。

次に藤田東湖について述べたい。東湖は徳川斉昭の腹心として、戸田忠太夫（とだちゅうだゆう）とともに水戸藩の双璧をなしていた。特に水戸学の大家として著名であり、全国の尊皇志士に大きな影響を与えた。水戸学藤田派として才能を発揮して、彰考館編集、彰考館総裁代役などを歴任した。なお、側用人として藩政改革に当たり、藩主斉昭の絶大な信用を得るに至った。

そして次に三人目として、川路聖謨（かわじとしあきら）について述べたい。聖謨は、旗本、寺社奉行吟味物調役、佐渡奉行、普請奉行と昇格していった。誠実で情愛深く、ユーモアに富んでいた。和歌に造詣が深く、『島根乃言能葉』などの歌集を作っている。また、奈良奉行時代に、行方不明となっていた神武天皇陵の捜索を行い、『神武御陵考』を著して朝廷に報告している。後に孝明天皇がこれを元にして神武天皇陵の所在地を確定させたと言われている。

松平康任藩政下の浜田藩の実態

さてここで、藩主・松平康任の藩政下での浜田藩の実態を紹介したい。藩の収益確保のために、石州半紙の開発をはじめ、鉄・蝋（ろう）・瓦・海産物などの殖産興業に力を入れ、外ノ浦港は西回航路の寄港地として賑わっていた。扱苧（こぎそ）（麻の毛羽を取ったあとの麻製品）・干鰯（ほしか）・鉄・半紙が主な積み荷であって、他に魚類・焼き物・生蝋が続いていた。鉄は銑鉄（せんてつ）が大部分で、玉鋼は石見刃鉄とか邑智極上八方白刃鉄と呼ばれ、ブランド品であった。また、扱苧は市山（桜江町）、市木（瑞穂町）の物がブランド品であった。商品の流通経路は、瀬戸ヶ島の回船問屋・海士屋へ寄って扱苧を買い、長州赤間関（下関）の船道具店へ販売していた。干鰯は金肥（肥料）として、出荷されていた。なお、長浜人形については北国の船乗りたちが土産として持ち帰ったので、佐渡にかなりの数が行き渡っている。揚荷は生活物資が主であった。米・大豆・大麦・小豆・塩・昆布・素麺などであった。

次に浜田藩領内にある良港について述べたい。鉄の積み出し港として知られた長浜港は、原井組に属していて、椀類も多く積み出しており、北前船の寄港地として繁栄し、津和野藩の蔵屋敷もこの地に置かれていた。ここは色々な問屋と商店で賑わっていた。

二つ目として、三隅川の河口右岸に位置している湊浦港について述べたい。藩の浦番所が置かれていて、砂鉄を採取し、米・半紙・海産物とともに積み出しをしていた。

三つ目として、三隅組に属していた岡見港についてであるが、朝鮮の『海東諸国紀』にも出てくる往年の貿易港である。特に半紙・茶・蛸・漆・楮などを積み出していた。

次に浜田・三次往還について述べたい。浜田城下と備後国三次との交流は、古くから海運と江の川水運を主として行われていたが、陸路も活用されていた。いくつかの街道のうち、炉製鉄の道は特に特色があった。炉を中心に炭焼きや牛馬の飼育が盛んで、街道沿いの村の牛の数も非常に多く、牛馬市も最盛期には、七、八千頭の牛馬が集まった。さらに、石見海岸から産する品々を運ぶ「魚の道」として活用された。そしてこの頃、西国測量で幕府の測量隊となっていた伊能測量隊が、浜田藩領を訪れた。老中から支援命令が出ていたので、浜田藩は測量師の土井格助に、正確な村絵図を作るように命じた。土井は江戸勤番中に、関根五郎一から、地図作成の技術を習得していた。土井は伊能忠敬に自ら作った絵図面を手渡し、伊能の有能な案内人として活躍した。伊能隊は三回、浜田を訪れたが、土井の努力と行動に感服した浜田藩は、合計米三俵半を褒美として土井に与えた。この動きは、浜田藩の英知と見識の高さを示したものであった。

次に浜田藩が文化の交流に力を注いでいた事例がある。天保六（一八三五）年に、江戸藩邸で開いた「松平家の碁会」である。この碁会は、囲碁史上最大の碁会で藩主の松平康任が主宰をしていて、家老の岡田頼母が幹事役を務めていた。江戸藩邸には、本因坊・安井・井上・林という家元四家のトップが勢揃いして、九日間対局が行われた。この碁会には莫大な費用が投入され、浜田藩の財力の底力を示す象徴となったのである。

以上、浜田藩は多岐にわたって、こうした充実した藩運営を行っていった。そして、岡田家老一行が浜田へ帰って浜田藩政の運営に心血を注ぎ始めたある日のこと、江戸の浜田藩邸から康任の側近が来て、浜田藩の今後の発展に支障を来す驚天動地の話をしたのである。頼母はこの側近を浜田城内にある三の丸の中の大広間に招き、藩主康任が失脚に陥るであろう六千両もの賄賂を受け取った仙石騒動に関与していたという話を聞いたのである。この大広間のある屋敷は、浜田藩士が会議や会合・集会の時に使う建物であり、この建物に居合わせた藩士たちは、この話を地獄耳で聞き、事の重大さから即座に浜田城内全域に知れ渡ったのであった。

この時の頼母と康任の側近との会話を再現してみたい。頼母は大広間の一室に康任の側近を招き、開口一番に言った。

「殿様に重大な身の危険とご不幸が降りかかってきたと聞いたが、どういったことか詳しくお聞かせ下さい」

この質問に側近は答えた。

「今、幕府上層部では、収賄・贈賄の案件が頻発して起こっています。これは、現在の将軍家斉様や康任様の前任者の水野忠成様がこの事象を奨励したからであります。そのために、幕府財政が破綻して幕政の腐敗・綱紀の乱れが横行しています。こういった情勢下ですので、康任様も気が緩んで仙石騒動の不正に加担したのだと思います。少し話が長くなりますが、仙石藩の歴史と藩政の様子を詳しく説明して、この御家騒動の経緯と康任様の関与のいきさつをお話しします。第六代藩主の仙石政美殿の代になると、仙石藩の財政は逼迫し、藩政改革の機運が盛り上がりました。仙石氏一門で筆頭家老の仙石左京殿は、産業振興策と再構築策を掲げ、また、勝手方頭取家老の仙石造酒殿は、質素倹約令の励行と大量の藩札を回収することを主張して対立しました。藩主の政美殿は、左京殿の政策を支持し、強い権限を与えて藩政改革を遂行させました。そのために左京殿は、藩士の俸禄の一部を借り上げ藩営の物産会所を設置し、御用商人から徴収している運上金の金額を大幅に値上げしました。しかし、期待した成果は上がらず、藩士や御用商人・領外の商人たちから反発が出たため、藩主はこの政策を停止させて、冷遇されていた造酒殿を復権させて藩政を運営させますが、その直後に藩主が参勤交代で江戸に着いてまもなくのこと、病気のために亡くなりました。藩主には世子（せいし）がなく藩主の父久道殿が、跡継ぎを選定するために会議を開いたところ、藩主の弟である道之助殿を元服させ久利として新藩主に就任させることに決定しました。その後、造酒殿が側近の桜井良蔵殿を重用したことから、造酒派内で対立抗争が起こり、これが乱闘騒ぎにまで発展し、造酒派の上層部は責任を問われ、隠居を余儀なくされました。幼君の下、筆頭家老として再度人事権を握った左京殿は、反撃に出て藩の上層部を左京派で固め、藩政を掌握しました。その後、左京殿は六千両もの賄賂を康任様に差し出し、康任様の実弟の分家・松平主税殿の娘を左京殿の息子の小太郎殿に嫁がせたのです。これに対して造酒派の重臣は、左京殿が小太郎殿を藩主に据えようとしていると先々代の藩主の久道殿に直訴しました。しかし、久道殿は全く相手にせず、かえって重臣たちは久道殿の怒りを買い蟄居を命じられました。この処罰に不満を持った河野瀬兵衛殿は、上書を江戸に上って提出し、この上書は久道夫人に渡ります。その上書の中には、左京殿が藩士から取り上げた俸禄を不正に蓄財していると書いてあり、左京殿の非を久道夫人は久道殿に、激しく訴えました。久道殿から夫人の怒りの書状を見せられた左京殿は、重臣を江戸に上らせ、久道夫人に弁明をするとともに瀬兵衛殿の消息を掴むことに全力を挙げました。藩内に潜伏していた瀬兵衛殿は天領の生野銀山にまで逃げましたが、捕縛されました。しかし、本来、天領での捕縛には幕府の勘定奉行の許諾が必要で、無断捕縛は違法であります。そこで、左京殿は康任様にこの事実を揉（も）み消してもらいました。また、瀬兵衛殿に加担した神谷転（かみやうたた）殿の捕縛を康任様に懇願し、南町奉行がこれを実行しました。神谷殿は虚無僧になって江戸に潜伏していましたが、南町奉行所に捕縛されてしまいました。この事態を知った普化宗一月寺は、僧は寺社奉行の管轄であって、町奉行には捕縛権限はないので違法であると主張して、即時釈放することを寺社奉行所に訴えました。また、久道夫人は実家である姫路藩邸に赴き、藩主の酒井忠学殿の妻で、将軍家斉様の娘の喜代姫様にも藩の騒動の話をしていました。そして、一番困ったことには、寺社奉行の脇坂安董殿が、仙石藩の御家騒動と康任様の関係を水野忠邦殿に報告していたのです。水野殿は、康任様を失脚させ権力掌握を完遂することに躍起になっています。すでに喜代姫様経由で仙石藩の騒動は、将軍家斉様の耳にも入っているご様子と伺っています。早く対策を講じなければ、康任様の失脚は目に見えています。このことは急を要します」

この具体的で真実味を帯びた話を聞いた頼母は、もし藩主の康任が失脚すれば、浜田藩の内政や運営状態にも幕府からの視察や監視の目が入り、八右衛門を中心として行われている密貿易の実態が暴かれ、白日の下に晒されると考えた。とにかく早急に手を打たなければいけないと思った。そうしないと浜田藩は壊滅し、自分を含め密貿易の首謀者たちは斬首という処罰を受けるのは必定だと思い、頼母は康任の側近に次のように言った。

「とにかく藩としてもすぐに善後策を練り、再度江戸に行って康任様にお会いして、これからの浜田藩の良き将来展望を協議しようと思います。また、康任様の身の安全の確保と潔白を主張する場合の方法の策定と責任の所在を明確に打ち出すための相談をしようと思います」

この力強い頼母の発言に、康任の側近は小躍りをして喜び、また、安心しきって浜田藩と藩主の康任との絆の強さを知った。そして、この側近は頼母に対して、満面に嬉しさの笑みを浮かべて自分の気持ちを示し、次のように言った。

「とにかく、ほっとしました。浜田藩が一致協力して藩主を守るという気概と活力があると認識しました。私もこれで殿様にも、江戸藩邸勤務の藩士たちにも良い報告ができます」

その後、この多くの時間を掛けた会談も終わり、浜田に来たついでにということで、浜田領内の名所の数々を藩士の案内で見学して回った。その後、南御殿の客間に二日間ほど滞在して、江戸に帰っていった。

仙石騒動に関与した松平康任

康任の側近が江戸に帰ったのを見届けた頼母は、すぐに八右衛門と三兵衛を自分の屋敷に来るようにと催促して呼ぶことにした。そしてその三日後に岡田邸で、三人での密かな会合が行われた。この席上で頼母は、真剣な顔付きで、面前に位置して座っている二人に、次の話を興奮気味に語った。

「実は今、浜田藩が衰退する岐路に立たされている。仙石騒動というお家騒動が起きて、そのために殿様が出石藩の内紛に関与して六千両もの賄賂を受け取り、失脚に繋(つな)がるという不測の事態に陥っているんだ。もし殿様に嫌疑がかけられて失脚でもすれば、浜田藩は幕府から目をつけられ、密貿易の全貌が発覚するのは目に見えている。とにかく今は、殿様を全力を挙げて守り、清廉潔白な人柄だということを示さなければいけないと思う。また、こういう不穏な情勢下で、殿様を失脚させて老中首座の要職を虎視眈々と狙っている水野殿が、どういう策謀を駆使して殿様を追い落とす計画を企図しているか、注視していかなければいけないと思う。とにかく、殿様は赤字財政が続く浜田藩の興隆に相当な貢献をしておられるのだからね」

この話を聞いていた八右衛門は、頼母に尋ねた。

「御家老様、貢献とは、つまりどういう施策を講じられたのか教えて下さいよ。それを理解すれば、今の殿様の偉大さがわかるし、また、身を賭して殿様を守ろうとする力が出るし、さらに、逆境こそ努力をして撥(は)ね除(の)ける力を生み出す機会として捉えることができるのですからね」

この八右衛門の要望に、頼母は現在の浜田藩の藩政について詳しく説明し、これに加えて康任が行った施策の賢明さを語ることにした。

「今の日本国内は、鎖国であるのにもかかわらず、世界各国で自由と平等を求める大衆の動きがあり、それが欧米諸国の東洋進出の動きを加速させているという情報が入っている。我が国でもこうした動きを背景として封建体制の批判や海防論などの主張が起きていて、内憂外患が生じている状況下にある。こういう時に、文化七（一八一〇）年十月九日に浜田浦の伊八宅から火が出て、述町・檜物屋町一帯を火の海にして、八十三軒が延焼するという大火があった。この時、康任様は馬上で巡視し、火災にあった家には、一戸に付き銭を九百九十文、また、一人に付き米を五升ほど給付した。また、復興建築費として間口一間に付き、八丸十匁(もんめ)貸与された。結局、給付金は全部で藩関係者を除いて銭百貫文、米は町方寺社地内のみで十六石三斗、貸与金願いは七十三戸で八百九十二貫二百三匁九分七厘の支出であった。この民政の計らいは殿様が領民を第一に考えておられる良識の表れだと思い、賢明な政治手腕の参考例だと思うんだ。また、文政元（一八一八）年は不作で、穀物の値段が高くなって、浜田の領民は難儀をして餓死者を出すまでになったんだ。この時に藩から、米百六十四俵一斗八合ほどを下げ渡し、これからの五年間救助用の米を下げ渡すために、生計に余裕のある者から米の寄贈を要請し、また、他所米を買い入れたりしたんだ。なかなか浜田の領民にも良心がある人がいて、例えば次の人が米を寄付してくれたんだ。紀伊国屋武七殿が米五十俵、加藤多兵衛殿が米五十俵、山本栄八殿が米五十俵、米屋六三郎殿が米三十俵、高野屋清右衛門殿が米十俵、銀屋勘左衛門殿が米十俵、袋屋嘉助殿が米五俵、佐々木屋新平殿が米五俵、近江屋喜右衛門殿が米五俵という具合になり、結局全部で二百九十俵集まり、麦も六十五俵集まったんだ。取り扱い者については、町大年寄の中村鉄三郎殿、同じく上柳半兵衛殿、同じく鳥羽又三郎殿、同じく三澤五郎右衛門殿に頼んだんだ。この施策の推進者である殿様の善政を敷こうというお気持ちは尊いなと思うんだ」

ここまで話をしたところで、八右衛門は頼母に発言した。

「今の話からすると、殿様には物事の動きに即座に対応できる俊敏な英知と行動力があるということですね。ここまで話が進めば、次には浜田藩の産業や経済を発展させた指導力と知恵の存在を物語れる事例を教えて下さいよ。よい勉強になりますから」

八右衛門は、頼母の論理の展開の巧みさに酔ってしまい、頼母の話の上手さに釘付けになってしまった。三兵衛も八右衛門が話すと、自分の気持ちも八右衛門と同じだという気持ちを見せるために、何回も頷いてみせた。この二人の気持ちを察した頼母は、好学で得た博識を武器にして得意満面に話を続け始めた。

「時代の進展に伴い領民の生活が向上し、一方、藩の財政が窮乏を告げるようになると、当然、藩でも特産物の奨励に努めることとなり、殿様の指示が次のように下ったんだ。まず特産物として、邑智郡内より産出する刃金、長浜村内において作られる常器椀、浜田町内において作られる折敷曲物、この他に瓦、丸物、人形、半紙、畳表、銑鉄があるが、これらの増産と販売に鋭意努力することを旨とするようにという指示なんだ。また、鈩業も盛んにするようにと厳命が下ったんだ。これについて詳しく述べると、那賀郡の嘉久志村・神村・千金村・千田村・田野村・鍋石村・横山村・室谷村・芦谷村・邑智郡内の日和村・中野村・矢上村・市木村の十三カ村では、山を崩しては谷川の水で洗い流す『鉄穴流し』という作業によって山小鉄（やまこがね）を採取していた。これに対して、津摩浦西の浜や日脚浦で、浜小金と言って海浜の砂鉄採取をしていた。これらの山小鉄と浜小鉄を集めて、藩内有数の鈩として繁栄している一ノ瀬鈩に送り、鋼鉄を生産したんだ。この鋼鉄の生産による収入は莫大な金額になるので、強く遂行させて、また、藩直営の経営も行われているんだ。

次に、長浜地内で作られている御器と人形も増産するようにと命令が下っているんだ。御器は、ろくろ細工によって作られた木椀であり、主に食器や盆類に使われ、漆をかけて製品化されたんだ。人形は、明和年間（一七六四年～一七七二年）に永見家で創始された。後に、嘉久志の清水厳の彫刻の技法を取り入れて、人形製作の基本にした。焼き方は、朝鮮陶工が習得していた釉薬をかけて焼く技術を取り入れた手法であった。結局、雅味豊かな作品として製作されるようになり、長浜人形として名声を高めることになったんだ。次に、焼物としては特異な産業になっている瓦と丸物について述べたい。石州瓦の製作は浜田城の築城の際、瓦工棟梁（とうりょう）として、大坂から招いた富島吉右衛門によって始められた。当時の瓦は釉薬を使用しない素焼きのものであったのだが、今は来待石を使用した赤瓦が誕生しているんだ。一方、丸物製造は、動木（ゆるぎ）で製造された品を石見焼と言い、外ノ浦のかまど場で製造された品を外ノ浦焼と呼んで、特色ある輸出品となっているんだ。そして、この二つの種類の特産物も増産するようにと指示がきているんだ。ところで、正徳の頃（一七一〇年代）の藩内では、五百石積みの回船は八十三隻、漁船が三百八十一隻あったのが、天保の頃（一八三〇年代）には、回船が八十七隻で、このうち、百石積みから四百石積みまでの船が二十七隻、漁船が八百二十五隻となっていて、総船数では二倍弱の増加であるが、回船のみについてはほとんど増減はみられない。この数値は浜田藩の経済力の貧弱さを示していると思う。この貧弱さを克服するために色々な方策を講じるようにと指示が出ているんだ。

これにともなって、必要不可欠な回船問屋についても述べてみたい。松原・外ノ浦・瀬戸ヶ島・長浜の各港には、蛭子屋・清水屋・江津屋・出雲屋・かど屋・但馬屋・米屋・かじ屋・ゆのつ屋・大坂屋・佐渡屋・因幡屋・石見屋・中上屋・出羽屋・市木屋・三隅屋・岡本屋・泉屋・喜多屋・海士屋・外ノ浦屋・藤屋・木屋・万屋・茶屋・大田屋・油屋・魚津屋・長崎屋・坂田屋・大津屋・沢屋・佐野屋などがあった。これらの回船問屋には、取引関係にある諸国の回船の船名、所有者、船籍、入港年月日、積み荷と揚げ荷の状況などを記録した「諸国御客帳」があったんだ。殿様のご意向は、海運王国浜田藩になるためにも、回船問屋がもっと増えるように、領民一丸となって積み荷と揚げ荷を増加させる動きを活発にするようにと、指示がきているんだ。

次に、農民の生活ぶりについて述べたい。今の幕府体制は、身分制度の確立と土地経済とを基盤としている。つまり、支配階級としての武士と被支配階級としての農・工・商の関係を定義づけ、維持しようとしている。その中でも農民に対しては、武士の生活を支えるものとして、衣・食・住の細部にわたって厳しい統制を要求している。その典型的な例としての法令は、慶安二（一六四九）年に幕府が発した『慶安御触書』で、この法令が今の時代の農民統制の基軸となっている。したがって、各藩も大体この法令に準じたものを発している。浜田藩においても、例えば衣類については、御触れや御条目を発していて、全ての男女の着物は帯・袖口に至るまで木綿作りに限定するようにとなっている。私も寛政二（一七九〇）年に同志四人と組んで、御条目を作り木綿作りを制度化するようにしたんだ。また、食生活については、米穀を多く費やさぬようにするために、冠婚葬祭といえどもできるだけ質素にして、一汁二菜に制限するように指示している。

そして次に住居についてであるが、民家の間口は三間（げん）にするように厳命を発している。

しかし、土地経済の基盤を確保しようとするために、幕府は田畑永代売買を禁止したが、貨幣経済の農村進出によって田畑の質入れがなされ、永代売買の禁止の定着化は有名無実となっている。なぜならば、実に九十パーセントの農民が持ち高三石以下または無高といった状態で、一戸平均四人から五人の家族の生活を維持することは、極めて困難であったからだ。以上のような農民の生活状態を知った殿様は、今の幕府の施策は弱者いじめと断定して、着物の作り方・食生活の中身・住居の設計と建築の方法など、最も大事な生活に関わる法令は、特例として廃止をして、農民が喜んで、また安心して生活できるような社会規範を作ろうと述べておられるんだ。この勇断は今の時代を進取した思考だし、英知あふれる人格を表現していると思う。ところで、この貨幣経済の中で生活している町人は、農民に比べて生活統制は緩やかである。今の幕藩体制の基盤は農業経済の発展に置いているので、農村内に多くの商人が入り込み、自由に商売をすることを禁じていて、浜田藩内においては、浜田・跡市・中野・益田の四カ所に市を立てたり、浜田城下八町の中でも歴史的な大型店である雑貨店の千田屋や金物店の古金屋などが開店したりしている。また、漁業については、松原浦・浜田浦・津摩浦において漁民が出漁して生計を立てているが、浜田藩内の漁場だけで操業していては生活できないので、浦方大年寄から支給された往来手形を持って、対馬・五島・隠岐方面に毎年七、八月頃から年末頃までの長期にわたって出漁をしている。このように農民以外の労働者は、幕府からはあまり農民ほど重要視されていないので、日常の生活ぶりを定めた法令は発布されないでいる。しかし、この生活実態は不公平だからと言って、殿様は浜田藩内だけにでも効力があり、実行支配可能な法令を制定して、武士以外の階級の人全てが脚光を浴びることができて、満足のできる生活が営める規範と法令を策定しようと指示を出しているんだ。

最後に浜田藩の藩学について述べたい。周防守家(すおうのかみけ)で儒者を用いたのは、享保の末（一七三〇年代）幕府の儒臣の室鳩巣(むろきゅうそう)の門人であった藩士の伊藤貞経(さだつね)からである。次いで国学者として有名な小篠大記敏(みぬ)が登場して、藩学の制度が整備された。延享（一七四〇年代）以来、毎月五回御城講釈が開かれ、藩士がこれを聴聞するようになった。しかし、家臣の大部分は武技の鍛錬に精励したが、学問に対してはまだ強力に力を入れていなかった。しかし、藩主康定様の時になって、藩校が設置され、藩学の推進が実質的に行われた。その藩校は長善館と名付けられ、入学を認められたのは士分の子弟であって、特に年齢については規定はなかった。一般に七、八歳で入学し、二十歳で退学するのが通例であった。教科としては、漢学・算術・書道・礼法・史学・武術・軍学を課していた。しかし、国学は課していなくて個人的研究の学問として開花していた。また、漢学においてはまず素読の書として、孝経・論語・詩経・春秋に限定した。さらに、講釈の書として孝経・論語・詩経・書経・礼記・易経の六部を採用し、会読の書には周礼・儀礼・左伝・国語を用いた。史学については、春秋・通鑑（つがん）綱目・歴史綱鑑・史記・前漢書・後漢書などを使い、国史については教授の指導に任せることにした。また、軍学については、武教全書・甲陽軍鑑・孫子・呉子などの書を用いて甲州流や山鹿流を授け、武術は館中に演武場を設けて、弓馬・剣槍などの武技を習得させた。なお、長善館の運営に当たっては、米三百石を充てている。

　以上、藩学について詳しく述べたが、殿様は誉れ高い英主らしく、学問の研究と習得には相当の力を入れていて、この長善館を拡充し教授陣も量・質とも充実させよと厳命しておられる。また、入学者も階級の垣根を越えて、幅広く募るようにと指示しているし、長善館の運営費ももっと多く増やせと言っておられる。とにかく、殿様のやっておられる行動と思考、発想は、浜田藩内の領民と藩の発展を優先的に位置付けているということであり、今到来している殿様への不合理な悪意に満ちた陰謀や浜田藩の危急存亡の不測の事態を歴史的な国難として定めて、藩士一同と領民全員は一致協力して殿様を守らなければいけないと思う」

　この長々しく説得力のある頼母の話に耳を欹（そばだ）てて聞いていた八右衛門と三兵衛は、二人とも口を揃えて言った。

「今の御家老様の話で、殿様の素晴らしい高邁な人格と優れた見識を知り、また、この殿様が浜田藩主として情熱を持ってこの藩を統治していることを誇りに思います。この殿様ならば部下として徹底的に守り抜こうという意欲がわきました」

この二人の発言に頼母は喜び、上機嫌になった。そして頼母は、事の真相を知るために再び江戸に行って康任に会って、直接本人から今回の忌わしい不慮の話を聞こうと思った。そして、前回、江戸に行くために行動を共にした六名を頼母の屋敷に呼び、旅支度と身辺整理をするように指示をした。今度、殿様と面会するのは、殿様の身に危険が迫り、そのために浜田藩に幕府から、処罰や厳しい説諭が与えられる危惧の念を払拭し、殿様の身の潔白を守り、清廉さを証明する話し合いをするためであった。再度、浜田を出発して一カ月くらいかかって江戸に到着し、老中首座所有の公邸へ行き、全員が客間に入った。今度は、康任と正室と六人の側室も客間に入り、この仙石騒動で六千両もの賄賂を受け取り、もしそのことで失脚するならばお家の一大事になるというだけあって、全員真剣な表情で康任の話に耳を傾けようとしていた。康任は、全員が今回の事件の真相を知りたいということを確認し、この人たちだけならと思い、重い口を開き、話し始めた。

「今回の仙石騒動という事件に関与して、老中首座の権力を利用し、収賄という甘い誘惑に手を染めたことについては反省をしている。今の幕府の上層部における腐敗体質の慢性化と綱紀の乱れにかこつけて、軽い気持ちでお金を受け取ってしまった。もしこれが発覚して処分が下れば、永久蟄居か遠方への移封、強制的隠居の処罰が与えられるのは必定だと思う。ここに参集した諸君にはどう謝罪していいかわからない」

ここまで言うと、終始心配そうに聞いていた頼母が口を開いた。

「私が一番恐れているのは、殿様の政敵の水野殿が、この事件で殿様が犯罪に関係した行動をとっていると、将軍家斉様に上申する行為であります。すでに家斉様の二十五女で、側室の八重の方の娘である喜代姫様からこの仙石騒動の全貌が、家斉様のほうに伝わっているようであります。とにかく、水野殿がどういった手法で家斉様にこの事件の真相を告発するか、注視しなければいけません。その時に、我々浜田藩一同が結束をしてこの難局を乗り越え、再度殿様には幕府の要職に就いてもらいたいと思うのです」

この話を聞いた康任は喜び、元気を取り戻した様子で、再度政務に全力を尽くして励もうと思った。また、ここに居合わせた者全員も、悲壮な面持ちから本来の優しい表情に返り、また、軽快な身のこなしをするようになった。そして、この公邸での談合が終わるや否や客人として訪問していた者は帰路につくことになった。

　ところで、ひょっとしてこの面会が最後のものになると直感した頼母は、別れ際の話として康任に、かねてから思っていたことを打ち明けた。

「殿様、私は天明三（一七八三）年、二十一歳の時に本居宣長殿の門人となり、国学と和歌の修得に励んできました。妻の鍵子もそれから十二年後の寛政七（一七九五）年に、宣長殿の門人になったのです。宣長殿は国学の巨人と言われ、医師としても活躍しました。特に次に述べる三つの業績は私は生涯慕うべき師としての、重要かつ優秀なものとして、尊重しているところであります。

　一つには、三十五年の歳月をかけて、賀茂真淵殿の指導を受けながらも完成させた、『古事記』の詳細な注釈である大著『古事記伝』四十四巻です。

　二つ目には、日本語という言語を体系的に研究した業績であり、品詞の研究、古代の仮名の研究などを通して、日本語の様々な法則を明らかにし、日本語を分類した極めて品質の高い研究成果です。

　三つ目には、『源氏物語』を研究して、この作品の中に日本的な心情である〝もののあわれ〟という表現があると唱えて、物語には儒教的な教訓や仏教的な教えを表現するのが

「本居宣長の自画像」（フリー百科事典「ウィキペディア」より）
自宅の鈴屋にて門人を集め講義をしたことから鈴屋大人と呼ばれた。

当然だという風潮を打ち消した文学的発想です。これらの斬新な三つの学術成果は、日本人固有の情緒である〝もののあわれ〟が、文学の本質として提唱されていることにあり、文学とは大昔から脈々と伝わる自然情緒や精神が第一義として、表現されるものだと表明しています。それを裏付ける宣長殿の代表作として、『源氏物語』の注解である『源氏物語玉の小櫛』『玉勝間』『馭戎概言』などがあります。私は宣長殿が体系づけた学問と人間像を説明できるほど、今、国学に熱中しています。もし殿様が、元々の幕府の体質的欠陥と汚職が蔓延している風潮に感化されて、今回の六千両もの大金を受け取るという収賄を実行されたとするならば、国学的に言えば、日本人誰もが持っている情緒である〝もののあわれ〟が働いたのだと思うのです。そういう意味ならば万人が共通して持っている人間本来の感覚ですので、我々は、全員で意志を強固にして、連帯と深い絆を保ちつつ、殿様を守り抜かなければならないと思っています」この心温まる話を聞いた康任は、満面に笑みを浮かべ次のように言った。

「実は、先代の浜田藩主で私の妻の父である康定様は、元々文学肌の人物であり、参勤交代の途上で宣長殿を訪ねて国学に心酔し、藩校である長善館を創設しているんだ。また、康定様に儒臣として仕え、寛政三（一七九一）年の長善館創設では、主役を果たした小篠御野殿も国学に造詣が深く、宣長殿の高弟として彼の著書の序文を書いたんだよ。その上、彼の学殖を慕う者は全国に及び、彼自身の力で宣長殿の門人が浜田藩士だけでも、二十九名もいるんだよ。私も参勤交代の最中に地図をよく見るのだが、宣長殿が作成した『大日本天下四海画図』という絵図は、城下町や船着場、名所遺跡の方角を正確に記し、所在を明示して道中の行程や駅を微細に記し、山川海島を悉く描いているんだ。この絵図の精密さと見事な完成度からして、彼には才能と賢者としての素晴らしい器があると思っているんだよ。だからそれを証明する証拠として、天明八（一七八八）年の末には、門人が百六十四人いたのが、その後も増加し、宣長殿が死去した時には、四百八十七人にも達していたんだよ。その内訳は、伊勢国の門人が二百人と多く、尾張国やその他の地方にも門人が存在していたんだよ。彼は、医学、儒学、漢学、国学、小児用の薬製造という多岐にわたっての学術追究に力を傾注して、一時代の先覚者になったんだよ。こういう優れた歴史上の人物の業績を引き合いに出して、私が犯した忌わしい事件に同情してくれたり、この事件を土台にしてますます忠誠を尽くす宣言をしてくれるなんて、私はすごく幸せ者だと思う。また、先代までの浜田藩主の威光と光り輝く彼ら英主の手腕と手捌き（てさばき）の評価が、こういう絶体絶命の危機的状況の時に、最大の力となって浜田藩士と領民の良心を揺り動かすのだなと思ったんだよ。そして、宣長殿は表の顔は医師であっても、夜には研究に明け暮れ、門人への教授は怠らなかったんだ。また、松坂を愛した宣長殿は、終生この地を離れることはなく、逆に浜田の方から松坂に教えを乞いに門人がよく行ったことを考えれば、浜田にも学問探究の心と積極さが根付いている証明だと思っているんだよ。この国学という学問に精通した知識をふんだんに保持していた宣長殿は、寛政四（一七九二）年に紀州藩に仕官し、御鍼医格十人扶持となっていたんだ。それにしても、岡田殿は私のことをよく調べてくれたり、また、私の延命工作をし、私の政治生命を守ってくれる発言をする行為には感謝をしているよ」

ここで、頼母の側近から早く帰ろうという催促がきて、正式に帰る気持ちが沸いた。そして、いつまでも康任とは主従関係は不変だという約束を交わした。そして頼母は、康任が万難を排して老中首座という要職を力強く遂行していく考えだということを、浜田に帰ったら藩内の人全員に伝えようと思い、六人の同伴者を従えて帰途に就くことにした。彼らの気分は晴れやかで、帰りの東海道・山陽道・芸州街道の道程を短く感じ、健脚を駆使して浜田に帰った。

なお、ここで宣長に関わる重要な話題を紹介したい。

さて、宣長の弟子に第十二代浜田藩主の松平康定の儒臣である小篠敏（おざさみぬ）がおり、宣長は敏を跡継として遇し、「漢字三音考」の序文を書かせるなど、敏を深く信頼していた。康定は国学を好み、寛政七（一七九五）年、伊勢神宮参宮の途中、松坂に泊まり、宣長の『源氏物語』講釈を聴聞した。この主君の来訪に先立って敏は主君の命で「駅鈴（えきれい）」を持参して宣長に手渡した。これは、宣長が鈴好きなことを知った康定の手土産であった。この「駅鈴」というのは、日本の古代律令時代に、官吏（かんり）の公務出張の際に、朝廷より支給された鈴のことである。大化二（六四六）年一月一日、孝徳天皇によって発せられた「改新の詔（みことのり）」による、駅馬・伝馬の制度の設置に伴って造られたと考えられている。官吏は駅において、この鈴を鳴らして駅子（人足）と駅馬、または駅舟を徴発させた。駅では、官吏一人に対して駅馬一頭を給し、駅子二人を従わせ、そのうち一人が駅鈴を持って馬を引き、もう一人は、官吏と駅馬の警護をしたのである。現在残っている実物は、国の重要文化財に指定されている「隠岐国駅鈴」二口のみである。この駅鈴は、島根県隠岐の島町の玉若酢命神社の宮司の億岐家によって管理されている。また、康定が宣長に贈った「駅鈴」は、この「隠岐国駅鈴」を模したものと言われている。宣長には、多くの門人から珍しい鈴が贈られていて、康定のような一国の殿様から鈴を贈られるのは、大変名誉なことであったのである。現在、この「駅鈴」は松阪市の本居宣長記念館に展示されており、石見（いわみ）国浜田と伊勢松坂との交流に貢献しているのである。

一方、老中首座の康任が仙石騒動に関与して、六千両もの賄賂を受け取ったという噂は、すでに幕府上層部の間で広まっていて、将軍家斉もこの仙石騒動の事件に関しては、寺社奉行・町奉行・公事方勘定奉行で構成する評定所で裁定させるように命令した。また、その責任者を脇坂安董（わきさかやすただ）とするように指示した。しかし、実際の調査取り調べは、寺社奉行吟味物調役である川路聖謨（かわじとしあきら）が行った。結局、天保六（一八三五）年に裁定が下され、仙石左京は獄門になり、鈴ヶ森に晒首（さいしゅ）された。左京の側近の宇野甚助も斬罪となり、左京の子の小太郎は流罪となって左京派は壊滅した。また、藩主の久利に処分は与えられず、その代わりに出石藩は、五万八千石から三万石に知行が減封となった。幸か不幸かまだ家斉には正式に康任が賄賂を受け取ったという事実は伝わっていなかった。そこで水野は、弁舌が爽やかで、押し出しがよく男ぶりも良い脇坂安董と組んで、将軍家斉に康任の不正な行為を告発しようと考えた。しかし、安董が寺社奉行といえども、彼には過去、愛人のことで告げ口をされ失脚し、自ら寺社奉行を辞任した経緯がある。しかしその後、大奥女中に醜聞が発生したため、それに終止符を打つために安董が再起用されたのである。しかし、こういういきさつのある人物では忠邦としては信用ができず、もし共同歩調を取って安董の清廉潔白の無さの人柄のために、かえって墓穴を掘りかねないと危惧して、安董を使って家斉に康任の不正を提言することは、断念したのである。家斉は相当安董を信用して大事にはしていたが、生来の先見の明がないということのため、忠邦にとっては良きパートナーとして共同行動はできないと判断した。

忠邦から直接に康任の収賄の事実を家斉に教示するのも、何か下心があってするのではないかと思われてはいけないので、家斉の側室に真実を打ち明けて側室から家斉に伝えるのが最善の方法だと考えて、実行に移すことにした。とにかく、幕府の最高権力の座である老中首座の要職を掌握しようと対策を練っている忠邦は、色々な案と作戦が浮かぶのであって、そのためにはあらゆる人脈と豊富な経験と実績、それに莫大な運動資金を必要とし、強(したた)かで貪欲な野心が計画実行の発動を促していた。最高権力の座を射止めて人生の栄(えい)耀(よう)栄華の花を享受するために働く悪知恵が、人一倍に発動することは、忠邦自身知っており、この状態に自分自身も自負感と満足感を持っていた。さて側室の中で忠邦が目をつける女性の選考基準となったのは、多産型の女性であった。そのほうが人情の機微があるし、多くの子女を産み、育てているという経験から知識もあり、人との交流も深いので忠邦の相談事と提言を理解し、家斉に伝達する意志と行動力があると考えたからであった。

　この家斉という将軍は五十三人の子女を持ち、徳川の歴代将軍の中でも、数においては、他に比類のない人物であった。しかもその側室には多産型の女性が多く、八人・七人・五人・三人と産んだ側室も少なくなかった。しかし、粗製乱造という言葉の通りに、五十三人の子女のうち、その半数以上は子供の時に早世、夭折している。それ故に、時には一方で死去したのに十日も経たないうちに、他方では出産するという忙しさであった。また、度重なる出産にその都度御披露・御祝儀をしていては大変なので、第十七子の時之助の時から、一切の慶事を取りやめることになった。忠邦の作った選考基準に合致した女性は、十四年間で四男四女の八人を産んだお袖の方、十三年間で六男二女の八人を生んだお八重の方、十五年間で五男二女の七人を生んだお蝶の方の三人であった。この三人の中から、性格・家柄・人脈・特性・経歴を考慮して決め、一人に絞ることにした。そして熟慮の末、決定したのはお蝶の方であった。

　その選考理由は早く決めたかったので、消去法で絞ったのであった。つまり、お袖の方については、八人も子供を産んだからと言っても、一男一女を除いては、全て生後一年から二年の間の短期間で他界しているため、粗製乱造の誹り（そし）を免れない状態であって、精神に異常を来した状態になると判断した。また、お八重の方については、家斉の第四十三子の喜代姫を生んでいる。姫が五歳の時、姫路城主酒井雅楽頭（うたのかみ）忠実（ただみつ）の世子の忠学（ただのり）との縁組みが成立し、竜の口の酒井家の上屋敷にお輿入れ（こしい）をした。まずは子供運に恵まれた女性であったが、すでに喜代姫から仙石騒動については家斉は、詳細を聞いていると判断し、この騒動に関与して収賄の事実が判明していることをお八重の方に伝えても、新鮮味のない話として受け取られかねないと考えた。したがって、お蝶の方に仙石騒動で発生した康任の賄賂受け取りの話をして、家斉に上申してもらうことにした。

　ここでこのお蝶の方について詳しく述べたい。彼女は、「西丸新御番組」の酒井近江守に属する御番衆の曽根弥三郎重辰の娘であった。この「新御番組」と言うのは、将軍の警固に当たる役目であって、将軍が外出する時に乗る駕籠の前衛を務め、普段は城内「土圭（とけい）

の間」に詰めていた。生涯五十三人の子女を儲けた家斉は、その始末に困り、幕府の都合とも絡み合って随分無理をして、婿入りや嫁入りをさせ、御三家・御三卿をはじめ幾人かの大名を泣かせた。また、子女の半数以上は早世したが、幸い長生きした者でも知的障害がある者、体の不自由な者もいて、粗製乱造の子福者という悪評もしばしば陰で囁かれたのである。こういう状況の中で、お蝶の方の子はすくすくと育ち、成人していったので、お蝶の方の一生は安楽に推移していった。そこで忠邦は彼女の生活ぶりに共鳴し、彼女の培った実績と経験、人との交遊状態、家斉からの信用と信頼度の高さを考慮して、彼女に康任の賄賂受け取りの事実を告発して、家斉に伝えてもらう役所（やくどころ）を要請しようと決めたのである。しかし、彼女は大奥にいて、男子の大奥への出入りは厳禁になっており、また、密告のような感じの告発の方法であったので、御広敷玄関南の「下広敷（しもひろしき）」から入るという威風堂々と大奥に入るという方法は取らなかった。したがって、七つ時（午後四時）になると閉まるということから名付けられた「七つ口」という出入り口から入ろうとした。「七つ口」は大奥女中下女の出入りの場所で、大きな荷物の出入りの場所でもあった。また、奥女中の日常の買い物は、全てこの「七つ口」を使って出入りをした。また、大奥の「広敷向（ひろしきむき）」には警備や事務を執る男子役人が詰め、「御留守居（おるすい）」という最高責任者がいた。

「広敷向」と将軍や御台所（みだいどころ）の生活の場とは、塀で完全に仕切られていて、男子禁制であった。しかし、「広敷向」と将軍関係者の居住地とは、「御錠口（おじょうぐち）」で繋（つな）がっており、老中は例外的にこの「御錠口」から大奥に入れた。しかし、老中には月に一度の大奥の見回りが課せられており、大奥で働く女中の秩序と、政庁である「表向」と大奥との区別を明確にさせるために定められた「大奥法度」が順守されているかどうか、また、不審な様子がないかなどの検分をする仕事が義務付けられていた。しかし、この仕事の日時は事前に知らされていて、「御小座敷（おこざしき）」において、「表使（おもてづかい）」や「御客会釈（おきゃくあしらい）」らと少しばかりの雑談をすることが、通例となっていたので、この「御錠口」からの出入りも職務以外の目的の行為であったので、使用はできなかった。ほとんどの側室は二の丸に住んでいたが、お蝶の方は優遇されていて、大奥に住んでいた。事前にお蝶の方と会う日を決めていたので、その日は「七つ口」から忠邦は入っていって、「大奥女中詰所」で会って会談することになった。忠邦の作戦は思う通りに進んでいたので、心機一転、晴れ晴れとした気持ちになっていた。そしてついに、彼女と会う日が来て、誰にも気付かれずに「七つ口」から入り、指定された部屋に入って、お蝶の方と対面した。この席上で忠邦は、老中首座を狙っている野心家らしく、顔付きが真剣になり相手を威圧するかのような厳格な表情で、次のように言った。

「今回、幕府の上層部を震撼させた仙石騒動のお裁きが終わり、この事件に手を染めた者は、それ相応の処罰を受けることになり、今は出石藩も一部では抗争のしこりが残っているとはいえ、平静な藩政の運営を取り戻している状況です。しかし、この騒動に関与して、松平康任殿が六千両もの賄賂を受け取って、自身の姪をこの事件の首謀者である仙石左京の息子の小太郎に嫁がせたことは、極めて遺憾に思います。もし、こういった悪事が罷り通れば、幕府の腐敗体質はますます助長されて、日本国内に蔓延します。今の幕府内は、崩壊する一歩手前の状態であって、これ以上金権体質が進めば、幕府は腐敗政治と支配層内部の政権移動によって、消滅させられる危機に立っています。これを未然に防止するためにも、今回発生した賄賂受け取りという松平殿の悪意に満ちた行動の様子を、家斉様に報告してほしいのです。まだ初めての行為でしたので、仙石左京と左京派の裁定だけが報道として知れわたってしまいました。しかし、幕府の最高位にいる者が、一般庶民に手が届かない額の金を獲得しても処分が来ないというのも、理に適ったことではないと思います。お蝶の方なら、多くの子女を産んで育てているので、人情の機微をよく知っていると思い、お知らせに参ったという次第です。もしできれば、この話の内容を家斉様に伝えてほしいと思います。私が家斉様に直接会って話せば、松平殿を倒して私が老中首座の要職に就きたいからだと思われるので、筋として家斉様の信頼が厚いお蝶の方から、先に提言していただいたほうがよいと思ったのです」

この話を聞いたお蝶の方は、深く感銘し、自分の目的遂行のためならばあらゆる悪賢い行動をとり、計画性のある策動を展開する忠邦に、親近感を持ち次のように言った。

「水野殿は、最高権力の座を掌握するまで、今一歩の所まで来られてますね。また、今回の事件の裁定後、裁判で活躍した人への論功行賞付与として幕府は、脇坂安董(わきさかやすただ)殿には西丸老中格の『将軍世子家祥付き』という役職に、また、川路聖謨(かわじとしあきら)殿には『勘定吟味役』という役職を与えています。この二人は元々水野殿には思想背景が近いと聞いています。水野殿もこうした部下が側近として働いてくれれば気分が良いし、色々な面で助かるのではないかと思います。水野殿は、今まで苦心惨憺の末、出世競争に打ち勝ってあと一歩の所まで来ています。水野殿の誠実な人柄に敬意を表して、今日お聞きした話は全て家斉様に伝えようと思います」

このお蝶の方の心温まる返答に、忠邦は感動して次のように言った。

「お蝶の方、よく相手の内情を知り尽くして、包容力のある返答をして下さり、ありがとうございます。大奥の厳しい掟と戒律に縛られる中で、こうした人間味あふれるお気持ちを投げ掛けて下さって感謝感激です。お蝶の方に会いに来たことは、正しい人生の選択だったと思います」

この話にお蝶の方は、満面に笑みを浮かべ次のように言った。

「それではすぐに家斉様に、仙石騒動で関与して行われた賄賂受け取りの事件の一部始終を報告しようと思います。私も今の幕府内で起こっている腐敗政治の温床を断ち切るために、陰ながら努力しようと思います」

この力強い宣誓のような、部屋中に木霊（こだま）する音響効果抜群の声に圧倒された忠邦は、将来の自分の栄えある姿を想像して、この会談を終了させた。その後、足早にこの部屋を退出し、大奥の建物から出て行った。忠邦が帰った後、お蝶の方はふと次のように考えた。

（水野殿の正室の嗣殿は、若狭小浜藩主の酒井忠進（ただゆき）殿の娘で、酒井殿は寺社奉行・京都所司代・老中を歴任しておられる。また、側室の亮寿院殿は、水野殿の世子の忠精（ただきよ）殿を産んでおられ、家督を継がせるために、日夜息子の教育にまた、出身藩の発展のために努力をし、奔走しておられる。こういう英明な婦人や立派な奥方を敬愛する主人として、水野殿は取り扱っているので、女性と接触する仕方は玄人のような雰囲気があるな）

また、

（老中首座の要職を是が非でも獲得したいと思う人物というのは、あらゆることに対して、全ての経験とそれ相応の人生の歴史を持っているものだ）

とも思った。また、脳裏に忠邦の長所が浮かび、次のように考えた。

（水野殿は、女性を動かす天性の操縦術があるし、女性が惚れ込む人徳がある。また、水野殿には、元来吃音の癖があると聞いている。そのために重要な会議でよく失態を演じてきたというのに、私には親近感を持って、流暢に話をしてくれた。さぞかし、父上の忠光様と母上の恂様は、長兄の芳丸殿が早世したため、次男でありながら世子となった忠邦殿に厳しい教育を施したのだと思う。それが原因で精神的ストレスが溜まり、緊張感と切迫感を強いる場面では、忠邦殿は吃音の癖が出てしまうので、家斉様に直接上申するよりも、私の方から伝達したほうがよい）

こういった理由により、ついに、お蝶の方の腹は決まった。そして、この会談を重要視し、忠邦の話を優先的に考えて行動を起こすことを決めたお蝶の方は、近々家斉に会って事の真相を伝えることにした。しかし、将軍の一日の日程は忙しく、なかなか会う日が決まらなかったが、夜の食事の後から就寝までの寛ぎの時間が、二人だけで会える時間ということになり、「御小座敷（おこざしき）」の奥にある「楓之間（かえでのま）」で会うことになった。この部屋は小姓相手に、将棋・囲碁・投扇興（とうせんきょう）・拳玉（けんだま）などの遊戯をする所であって、この部屋で気分よく二人だけで会話をすることに決まった。この「楓之間」というのは、江戸城の本丸御殿の中にある中奥の西側に設けられていた。将軍の一日の生活は、規則正しい行動の連続になっていたが、休息もほどほどに取れる余裕のある日程であった。したがって、心ゆくまで忌憚（きたん）のない話ができるということで、二人とも会える日を楽しみにしていた。当日は二人とも軽い服装で部屋に入り、対面した。お蝶の方は開口一番次のように言った。

「将軍様、今回の仙石騒動は徳川政権の歴史に残る不祥事でした。将軍様もこの騒動の収拾には、相当の尽力をされたと聞いています。しかし、この騒動には意外な悪事が潜んでいたのです。次に申すことは、すでに将軍様の耳に入っていると思いますが、水野様から聞いた話によれば、老中首座の松平様が六千両もの賄賂を受け取っていたという事実が浮かび上がったのです。つまり、今回の事件の首謀者の仙谷左京殿の息子の小太郎殿に、松平殿の姪を嫁がせる見返りに六千両もの大金を松平殿がもらったということが発覚したのです。水野様は、出世をしたいという野心と願望があって、政敵の松平様の行動については詳しく知っておられ、全てを話していただきました。直接、将軍様にお話をするのは、松平様を踏み台にして、老中首座の要職を掌握する魂胆（こんたん）が見え見えだということで、遠慮をされて私に先に話をして下さりました。また、そのほうが筋が通っているとおっしゃっていました」

この話を熱心に聞いていた家斉は、諭すようにお蝶の方に言った。

「私はすでに仙石騒動の全貌を喜代姫から聞いていて、松平殿が賄賂の受け取りで深くこの事件に関与していることはすでに知っていた。私としてもこの事件の真相を松平殿から、日を改めて会って、聞こうと思っている。知識もあり人徳も備えている人だから、相当な理由があって、悪事にのめり込んだのだと思う」

こういった会話と質疑応答のやりとりが続き、ついに家斉は康任と正式に会って、忌憚のない話をすることを決めた。この日の二人の対話は、日常生活全般にわたって進み、満足のいく会話となった。別れる時には二人ともお互いに、労をねぎらうように挨拶をして、また、次の再会を約束し、この部屋での和やかな歓談は終わった。しかしその後、家斉はこの忙しい将軍の一日の計画表の中で、どの時間に康任と会うか、悩み始めていた。そしてついに、辰（たつ）の刻（午前八時頃）に神棚を拝みに大奥に出向くが、ここから中奥に帰って自由時間となる、その時間に康任と会うことにした。そして、奥儒者の講釈を聴くために使う「御休息御上段」という部屋を使って、ざっくばらんに話し合いをすることにした。このことを康任に打診すると、すぐに承諾の返事が返ってきたので、二人だけで会うことになった。双方とも思うことを論じ合って、一致点を見出して、現在の幕府体制を改革しようという名目で会うことに決まったので、暗い雰囲気は立ち込めずに、二人とも会いやすくなっていた。さて当日、会談を行う部屋に入った二人は、双方ともこの対話が原点となって、腐敗して人気のなくなった幕府の構造的欠陥を改革しようとする意気込みが見られ、両者とも気合いが入っていた。二人が対面をして会話を始める段階になると、家斉の方から康任に話し掛けた。

「松平殿、今回の仙石騒動という不祥事に、松平殿が六千両もの賄賂を受け取っていたという事柄で関与していたという情報が私の耳に入ったのだが、松平殿が優秀で統治能力に長けた才能と器を持っているということで、私は老中首座に松平殿を任命した手前、松平殿には穏便で軽微な処分と対処方をとろうと思っていました。松平殿は、高邁な人格と明晰な頭脳を保持し、他を圧倒する人気と信頼を持ち続けているし、また、出身の藩である浜田藩は、代々英明で有能な藩主を輩出してきた歴史があります。それに加え、私は将軍という地位を利用して、贅沢三昧の暮らしをし続けてきています。だから私には人を判定する資格はありません。したがって、今回の事件に関しては、松平殿の考えと意見を聞き、早期に、また表面化しないうちに決着をつけたいと思うのです。松平殿の気持ちと真意を聞かせて下さい」

この質問に対して康任は次のように本音を語った。

「私には長男で世子だった康寿という子がいました。しかし若くして他界したため、次男の康爵に家督を譲ることにしました。そんな矢先に、仙石左京殿の息子の小太郎殿へ私の姪を嫁がせてほしいと左京殿から話があり、その見返りとして六千両支払うという提案がきました。私は最愛の長男を亡くしていたので、大事にしている小太郎殿を思ってのことと考え、左京殿の気持ちがわかり、この話に乗りました。ほんの出来心だったのです」この話を聞いた家斉はこの真実に共鳴し、また、同調して次のように言った。

「私も最愛の長男を早くから亡くしています。長男は竹千代といって、三番目に生まれた子で、側室のお満に産ませました。初めての若君ということで、名も徳川家にゆかりの深い竹千代と名付け、誕生日の祝宴の日には御三家をはじめ諸大名に出仕を命じました。また、大赦を行って微罪者を釈放したり、城内では芸能会を催すなどして、大いに祝いました。竹千代はすぐに世子と定められ、西の丸に移り大いに将来を期待されたのですが、二歳八カ月の若さでこの世を去りました。この悲しみは表現のしようがありません。だから松平殿の気持ちは、自分のことのように十分に理解できます。したがって、今回の事件は初犯ということもあって、目を瞑ろうと思います」

この家斉の発言に康任は喜び、謝意を表した。その後もこの二人は、内政・外交・経済・産業にわたって、幕府が抱える諸問題について、長い時間をかけて討議をした。そして、実りある対話が続いた後、この歓談も終わり、またの再会を約束して散会となった。

ところで、老中首座の要職に就いている康任が、六千両もの賄賂を受け取ったことで、幕府の中枢機関と大奥の一部連中が康任と忠邦との個人的な勢力争いの渦中に巻き込まれ、右往左往していることは、将軍家斉の正室である寔子（のちの広大院）の耳にも入っていた。寔子は、家斉の好色と多情な性格をよく理解し、大奥にいる多くの側室と女中を束ねていて、見事な統率能力は高く評価されていた。これは、寔子の才能と寔子の父である薩摩藩主・島津重豪から大奥へ献上される多額の金子や薩摩・琉球の珍しい産物の素晴らしさに対する畏敬の念からくるものでもあった。また、男子敦之助を寛政八（一七九六）年三月十九日に産んだが、敦之助は早世し、その後、同十（一七九八）年にも懐妊したが流産してしまった。こういうことから、子供がいないという身の軽さによって、リーダー的な性格が育まれていた。また、正室の御殿として弘化（一八四四～四八年）造営の大奥内の建物としての新御殿を持っていた。これは寔子が誇る権力の象徴であった。「御上段」「御下段」「二の間」「三の間」の壁や襖(ふすま)には、狩野晴川院養信(かのうせいせんいんおさのぶ)らによる障壁画が描かれていた。また、「御化粧の間」には、小下絵があり、梅が墨絵で描かれていた。その他の部屋の壁や天井は、唐紙貼りの鏡天井であった。寔子には、新御殿という大財産を持っている自負感と権力の主としての気質があった。したがって、今回の仙石騒動で起こった六千両もの賄賂の受け取りの真相を、寔子は家斉に聞くことにした。しかし、将軍の正室ともなれば、一日は多忙であった。起きるのは午前七時頃で、起床後はうがいをして入浴をする。風呂から出ると「御化粧の間」で化粧をし、髪を結(ゆ)わせながら、中年寄(ちゅうどしより)や御中臈(おちゅうろう)の給仕で朝食をとり、お歯黒をつける。その後、「大納戸(おおなんど)」で御召し替えをして、将軍の奥入りを待つ。一日に三回の御召し替えをするのである。将軍は、大奥の御仏間で参拝した後、「御小座敷(おこざしき)」で「朝の総触れ(そうぶれ)」を行う。これがすむと、将軍は中奥に戻るのである。寔子は、昼食が終わると自由時間になり、読書や写経、百人一首をして楽しむ。午後二時頃になると、将軍が再びやって来て、「御小座敷」で一緒に金平糖などの菓子を食べたり、雑談をしたりするのである。その後は自由時間になり、奥女中を相手に茶の湯や生け花、和歌、香扇遊びなどを楽しむ。他に、大奥の庭に出て散歩をすることもある。夜は午後十時頃には寝装束に着替えて、「御小座敷」に用意された床に入るのである。寔子は、「朝の総触れ」が終わって将軍と二人だけになった時が、一番話しやすい時だと考え、この時間を賄賂についての真相を聞ける時間にしてほしいと将軍に打診をした。するとすぐに了解の返事が来たので、二人で会う日に聞いてみることにした。

その日、「朝の総触れ」が終わり、「御小座敷」で二人きりになった。この時、寔子は家斉に尋ねた。

「将軍様、今、松平様が仙石騒動にかこつけて、六千両もの賄賂を仙石左京殿から受け取ったという風説が流れております。水野殿の野望が叶って、松平殿が失脚した後に水野殿がその代わりに老中首座に昇格するのではないかと推測する者がいますが、本当でしょうか」

この質問に家斉は、寔子を諭すように言った。

「先般、松平殿と会って心底思うことを言い合って、松平殿の気持ちと考えを聞いたのだが、なにぶん事情に同情の余地があるようなので、水に流そうと思っているんだよ。松平殿は、人柄と行動力には立派なものがあるし、英明な才能と優れた見識を持っておられる方なので、今の幕府には必要不可欠な人材なんだよ。今は、私の独断でそのまま老中首座の要職を遂行してもらうことを要請したところなんだよ」

この話を聞いた寔子は、安心した顔付きになり即座に心情を吐露した。

「松平殿の出身母体である浜田藩は、小藩でありながら、文化的にも産業的にも進取の気象に富んだ政策を推進している藩だと聞いています。これは藩主が立派だから、補佐をする者が英知と才知を結集することができるのです。ひとまずは安心しました」

その後、二人は日常的な会話をして散会となった。大奥の中心役として家斉に今の重要事件を聞いて、満足な回答が返ったことで、寔子は安心して次の日課に移ろうとした。実はここで話は変わり、この時に浜田において、大きな事件が起ころうとしていた。

八右衛門の新造船が燃える

それは、ある日のこと、浜田の蛭子屋に、下府の博徒である龍之進が、商人とも馬子(まご)ともつかない二人連れと一緒に三人で来て、酒を飲みながら八右衛門について話をしていた。

龍之進はこの二人連れに、

「八右衛門の船が竹島から帰るたびに、白木の箱を御家老様のお屋敷に担（かつ）ぎ込んでいます。どうもこの事件には勘定方の橋本三兵衛様が関係しているようです。今、八右衛門は動木（ゆるぎ）の造船場で千五百石積みの新船を造っていて、唐天竺へ乗り出すのではないかと思います」

と言った。この会話を聞いたお多津には、この二人連れが八右衛門の身辺を探（さぐ）りに来た隠密のように見えたので、健吉にこの二人の不審さを伝えた。それにこの龍之進という男は、会津屋へ訪れては泣きついたり脅したりして、若干の小遣い銭をせしめて帰る厄介者であったので、この三人は八右衛門の動向を調べ、お上に密告しようと企んでいる悪意を持った者どものようだと直感し、八右衛門にも伝えたほうがよいと思った。怪しい人物が松原浦に入り込んでいる。八右衛門の身辺を狙う怪しい人物が、かねてから八右衛門に悪意を抱く目明（めあかし）龍之進（りゅうのしん）と、蛭子屋の一室で何事か密議を凝（こ）らしている。この状況を知った健吉が、主家の一大事とあって会津屋に行って八右衛門に忠告すると、感謝するどころか、健吉が密訴したのではないかと言って、主従の縁も今夜限りで切ると言って八右衛門は立腹した。健吉は呆気（あっけ）にとられて弁解の言葉も出ずに帰路についた。外ノ浦（とのうら）に帰る途中で、気が落ち着いてくると、八右衛門の仕打ちが腑（ふ）におちず、あの怒鳴り出した様子には何か深い理由があるに違いないと思い、当分の間は会津屋には行かないようにしようと思った。そして鰯(いわし)山の岩の根に座り込んで思案し、もうしばらく経(た)ってから会津屋に行って八右衛門の気持ちを確かめようとも思った。そう考えている時、目の前の海面を造船場のある動木の浜に向かって航行している一隻の小舟が通り過ぎた。人の姿は見えないが話し声からすると二人ほど乗っており、その一人は目明龍之進であった。そして龍之進が、

「あの新造船は南京船とオランダ船の合(あい)の子のようです。今頃は大工も番人もいませんから、あの船に忍び込んで検分しましょう。唐天竺に行ける設備があるのだと思います」

と、隣に乗っている隠密らしき男に言った。この光景を見た健吉は立ち上がり、すぐに龍之進たちが新造船の探索をしに来ていることを八右衛門に伝えに会津屋に急行した。健吉は興奮していた。天竺行きの新造船が間もなく完成する時に、八右衛門が工夫して設計した船内の仕掛けを見れば、異国への渡海が目的だというのは、すぐにわかる。相手は大坂から来た隠密である。ところがふと見ると、動木の浜に提灯(ちょうちん)らしい火がちらちらと動いていた。そしてじっと見ると、火の手が上がり、見る見る燃え広がって新造船が炎に包まれた。会津屋に駆け付けてみると、八右衛門の姿は見えず、母親のお菊が、

「どこに行ったのか捜している最中なんだよ」

と言った。翌朝、新造船が焼けたのが確認でき、松原浦の人たちや船の乗組員が続々と、会津屋の店先に押し掛けてきた。八右衛門は乗組員を奥の座敷に上らせ、暗い顔をして言った。「船が焼けたので当分は代わりの船を造れないので、これを機会に船乗り稼業をやめようと思う。ここに参集した乗組員の方々は、よその船に乗って下さい」

するとし舵取り役の仁助が、

「全員で力を結集してもう一度船を建造しようと言うのなら筋が通る。しかし、よその船に乗ってくれと言うのは、極めて薄情な言葉だよ。大将らしくないせりふだと思う。大将とはいつまでも一緒に仕事がしたいし、離れる気持ちは毛頭ない。天竺ぐらいなら古船に乗ってでも行ける。気を取り直して下さいよ。もうすぐ北風が吹きますから」

と言った。この話に対して、八右衛門は、

「今まで異国の地へ行ったのは夢と思って下さい。また、渡海禁止の行為はしたこともないし、ましてや会津屋の船に乗ったという記憶も全部消して下さい。長い間、命懸けの仕事を一生懸命やってくれて、何とお礼を言ってよいかわかりません。本当はすごくお礼をしたいのですが、勘弁して下さい。私の寸志です」

と言って、小判十枚を紙に包み、一人ずつ全員に渡した。八右衛門は終始悲しい表情と

沈痛な顔つきをしていたので、乗組員全員は、

「大将は船が焼けたので、傷心しきっているのだ。大将が元気になるまでそっとしておこうぜ。大将の気持ちが直ったらまた、この家に来て渡海への出発の話でも聞こうじゃないか。今日のところは、いったん解散して、また出直そうじゃないか」

と口々に言って、会津屋から出て行った。実は新造船に火を放ったのは八右衛門自身であった。この頃の松原浦界隈（かいわい）には、隠密らしい人物が頻（しき）りに徘徊（はいかい）して、渡海の秘密を聞き出そうと活動していた。隠密は乞食に化けたり、他国の船に紛れこんだり、薬売りに変装したりして、松原浦の人たちに接近したのである。また、大坂や長崎にも捜索の網を張っていた。大坂では材木屋の木場から、黒檀（こくたん）・白檀（びゃくだん）の唐木（からき）が発見され、会津屋が持って来て売って帰ったことが知れた。松原浦の人たちは、申し合わせたように口を噤（つぐ）んで秘密を守った。だから八右衛門は、渡海船の秘密がわからないように新造船を燃やしたのであった。そしてある日のこと、八右衛門は女房の冴を呼んで言った。

「冴も気付いていると思うが、どうやら運も尽きたように思う。公儀の御法度を破ったのだから、お裁きを受けるのは当然だ。お裁きとなれば、私は死罪、家は断絶と決まっている。私はもうすでに覚悟を決めている。しかし、会津屋の血統だけは絶やしたくはない。

だから冴は、竹次郎を連れてこの家から出て行ってくれ。まことに不人情に思うだろうが会津屋のためと思えばしようがない。十何年も尽くしてくれて有り難いと思っている。今日限りで離縁をするから、実家に帰ってくれ」

　この話に、冴は涙を流して、

「竹次郎はどこぞ預けるなり、やるなりして下さい。私は旦那のお供をします」

と言って、縋り付いたが八右衛門は応じる気配をみせず、去り状を冴に渡した。冴は姑のお菊に泣きつき、

「私は実家へは帰りません。どこまでも旦那のお供をします。お母さんからも頼んで下さい」

　と言ってはみたが、菊は、

「亭主の言うことを聞くのが女房の役目だ。実家に帰りなさい」

と言って、冴を突き放した。冴はこの時、三十一歳であり深い失望感に苛まれ、長浜浦の若松屋に帰ったのである。その後、下男も下女も出て行き、会津屋には、母と息子が二人きりで生活するようになった。

　実は八右衛門は、五歳年下の弟の八百吉に冴と一緒になってほしかったのである。八百

吉は三十歳を超しているが独身であった。たまに結婚話が持ち込まれても、なぜか断っていた。八百吉が会津屋に寄りつかなくなったのは、冴が嫁入りしてから間もなくのことであった。いつも家を留守にしている兄の妻と同じ家で暮らすことを避けようとしたのかもしれないのである。結局、八百吉は八右衛門の希望を拒否したのである。また、八右衛門は母に、南方の島に行った航海の記録と異国の見聞記を手渡して、もし将来外国に航行する人が出現した時に参考になるから与えるようにと、伝言した。八右衛門が入手していた航海術書は、文化年間（一八〇四年～一八一八年）に出た『廻船安乗録』と『海路安心録』の二冊であったが、安心録は西洋式で難しく、安乗録のほうがわかりやすい内容であった。この二冊と平右衛門がくれた海路図を基本にして、さらに新しく書き加えて、八右衛門著作の航海録を作成したのである。書名は『南海船路按針記』として、八右衛門渾身（こんしん）の力作であった。この書物も母に手渡したのである。

八右衛門、お縄につく

そして天保七（一八三六）年四月のある日のことであった。八右衛門はぶらりと浜辺に出て、漁師が網を繕っているのを見ていた。ちょうどその時、大坂奉行配下の役人が二手に分かれて忍び寄り、姿を見せて、「会津屋、御用だ。神妙にいたせ」と言った。その言動に対して、八右衛門は、

「母に挨拶をしてから、お縄をいただきます。私は逃げも隠れもいたしません。御法度を破ったのは真実です。いつでもお縄をいただくつもりで待っていました。母に一言挨拶をする間、待って下さい」

と言った。この姿を見た漁師たちは、八右衛門の立派な姿を見て感嘆して、見送ったのであった。浜田の城下に大坂からの隠密が入り込んだことは、浜田藩の役人たちはすぐに気付いていた。勘定方の橋本三兵衛は、すでに覚悟を決めていた。検挙の目的は、最終的に時の老中の松平周防守を叩きつけることにあったのだと考え、家中の責任は自分が負うと決め、敬川の親戚を呼んで形見分けをした。その後、妻とその先夫の子供とを橋本家の宗門帳から消して、木村という家を立てさせた。八右衛門が松原浦の浜で捕縛された夕方、牛市にある家に帰る途中、橋で待ち構えていた大坂奉行配下の役人たちが、「御上意」と言って三兵衛に縄を投げつけて、捕えて大坂へ連行して行った。

六月には老中の水野越前守（えちぜんのかみ）から、寺社奉行の井上河内守（かわちのかみ）へと引き渡しとなり、三兵衛

は江戸伝馬町の揚がり屋、八右衛門は牢屋に入れられて、取り調べが続いた。なお、この井上河内守について述べたい。彼の正式名は井上正春といい、文化二（一八〇五）年に生まれ、弘化四（一八四七）年三月に死去している。陸奥棚倉藩第二代藩主で、父は初代藩主の正甫である。井上氏は久しく浜松を領有していたが、正甫が農民の妻に暴行を働いたことが幕府に発覚して、陸奥棚倉に左遷させられた。正春はそんな中で、藩主を継ぎ、幕府においては寺社奉行、大坂城代を手堅く務め、徐々に栄転していった。すなわち、水野忠邦が天保の改革に失敗して浜松から出羽山形に左遷させられると、その後釜として、二十八年ぶりに井上氏は浜松に復帰した。なお、彼は浜松木綿や浜松織物などの特産物を順調に生産拡大させ、藩校克明館を設置して、藩士の教育に力を注いだ。なお、正春は天保十一（一八四〇）年に老中に就任している。なお、六月下旬には、松原浦の浦年寄の岩国屋と会津屋のお菊が、江戸の白洲に呼び出された。四人ともどんな拷問にあっても白状しなかった。いかに拷問をされても、八右衛門と三兵衛は自分たち二人きりでやったものと主張した。

ところで、八右衛門は長い間の拷問で衰弱しきっていた。取り調べの都合で、岩国屋とお菊は、三日間だけ牢屋に留置された。その間に八右衛門の拷問は苛烈を極め、悲鳴が時々したのであった。さてここで、八右衛門が受けた拷問について詳しく述べたい。犯罪の容疑者や被告人から自白を得るために肉体的苦痛を与えることが拷問である。江戸時代には、笞打（むちうち）・石抱（いしだき）・海老責（えびぜめ）を牢問（ろうどい）と呼び、吊（つる）し責めを拷問と呼んだ。とにかく、自白を強要するために、しばしば拷問を行った。

江戸時代の刑罰と裁判

江戸時代の刑罰は、厳罰主義を用いており、刑罰体系は複雑で、刑種は軽い罪から、叱（しかり）・押込（おしこめ）・たたき・入墨・追放・遠島・死刑があった。死刑も罪状に応じて、軽い方から下手人（げしゅにん）・打ち首・火罪・獄門・磔（はりつけ）・鋸挽（のこぎりびき）に区分されていた。ちなみに幕府法では、主人の殺害が最も重罪とされ、それに続く重罪は親殺しであった。裁判の運営方法としては、第八代将軍吉宗の時代に、「公事方御定書」が制定され、幕末まで刑事裁判において長く用いられた。

次に裁判についての概要を説明したい。行政権と司法権とが一体となり、重大事件は寺社・町・勘定の三奉行が評定所で裁判をし、軽い事件は奉行が裁判をした。逮捕され入牢

「旧江戸伝馬町牢獄門前の景」（『徳川幕府刑事図譜」明治大学博物館蔵）
これは明治26（1893）年に刊行された作品で、江戸の罪と罰の世界を迫真の筆で描いている。徳川政権の下で250年以上続き、今日では知る事のできない刑政を紹介するために掲載した。

した者は、白洲での本格的取り調べの際に同じく呼び出された者と数珠つなぎになって、奉行所に出頭する。さて裁判になると、審理・断罪は奉行の役目ながら、実際には初審と判決だけは奉行自身で行い、中間の取り調べは吟味与力に任された。奉行は初審では、人定訊問（じんていじんもん）の後二言か三言、被告に向かってそれも吟味与力を通じて聞くだけである。後は吟味場で吟味与力が、一対一で取り調べる。吟味場も畳敷きの上段・板縁があって、下は土間という白洲独特の構造になっていて、その上段に座った与力が土間の被告を怒鳴りつけるようにして、訊問をする。相手である被告も必死である。もし白状し

「旧江戸伝馬町牢獄内昼の図」（『徳川幕府刑事図譜』明治大学博物館蔵）
牢内では罪人を監視し、統制するために牢頭（牢名主）の制度を採用し、牢内役人十数名が置かれた。平囚人は、一畳12人詰で羽目通りに座り、その向こうで牢内役人がキメ板で新入り囚人をせっかんしている。

ない場合は、やむなく拷問にかける。いかに証拠が明白でも自白がなければ断罪できないのが建て前である。「御定書百箇条」によると、殺人・放火・盗賊・関所破り・謀書謀判の重罪を犯しながら、証拠があっても白状しない者、同類が白状しながら本人が白状しない者に限り、拷問が許された。これは厳重に守らねばならず、一方において、拷問を必要とするのは訊問の腕が悪いとされた。それでもやむを得ない場合は、老中の許可を得て行うのである。だから、実際に行われたのは、年に一度か二度であった。拷問蔵という所で行った。

「白洲の図」（『徳川幕府刑事図譜』明治大学博物館蔵）
刑事・民事の裁判で罪人を取り調べ、判決を言い渡す法廷の場面である。白い砂利が敷きつめられた所に莚を敷いて座らされ、吟味方与力が審理を進め、同心・小者が縄取り、警備のために付き添った。

さて吟味中、仮に拷問という不手際が生じたとしても、自白までこぎつけると、書き役は記録をまとめて口書を作る。被告が爪印すると、それで刑事事件が完成する。後は、「御定書百箇条」の刑律に当て嵌めて、罪刑を決める。ただし、罪が遠島以下なら奉行が裁断するが、死罪以上に当たる者は、一件書類を整えて老中に出す。それを妥当と思えば、老中から将軍に上申し、印をもらって罪が決定する。判決の日、奉行は白洲へ出て判決文を読むだけで、判決文は二つ折りの奉書で、これを日の高さで開き、読み上げる。なお、奉行の言い渡しは、裁断同様遠島までで、死罪以上は、検使与力が牢屋敷地内で言い渡した。被告を牢内庭改番所に呼び出し、すぐ間近に引きすえ、宣告する。牢屋内に響き渡る大声で言うのが常である。また、牢屋については、身分別に分かれており、武家が庶民と同じ牢屋に入れられることはなかった。五百石以上の旗本は牢屋に入れられず、旗本の親類に預けられた。それ以下の旗本と有名な神官、僧侶は雑用係が付き、七畳の畳敷きと水道所、便所がある揚座敷に入れられる。御家人や藩士、普通の神官・僧侶、医者は揚屋に入れられる。大牢には庶民や浪人が、二間牢は無宿人のみ、百姓牢は百姓、女牢は女性が入れられる。牢内には独自の自治制度があり、牢名主による自治が認められている。牢内では私刑が行われ、劣悪な環境から病死する者も多い。牢屋は入牢から判決言い渡しまで、半年を期限として入れられた。鋸挽・磔・火罪などの重罪は、鈴ヶ森か小塚原の刑場のうち、罪人が罪を犯した場所により近い所か、それとも生まれた場所に近い刑場で執行され、見せしめ効果を高めた。その他の死刑は、牢屋敷内で執行された。とにかく、八右衛門が行った密貿易は幕府が厳禁としていた鎖国政策に違反する行為であり、容赦のない仕打ちが待っている悪事であった。今回の事件は幕府権力を震撼させたということで、幕府も全力を挙げて真相究明を行った。八右衛門は最初から死罪になるということは知っていたが、短い人生に終止符を打たなければならない結末を、情けなく思っていた。そして、特別に許されて面会をした人に、次のように語った。

「元々は浜田藩の興隆のためにやったことです。しかし、希にみる各地の特産物の大量の収獲で有頂天になっていたことは事実です。今の法律で死刑として裁かれるでしょうが、私が行ったことが少しでも藩のお役に立てたことにより、私は悔いはありません」

しかし、間近に迫る死を覚悟した様子で、八右衛門の顔は紅潮して引きつり、うっすらと涙が零(こぼ)れていた。死に対する恐怖は凄まじいもので、一言低い声で面会人に言った。

「極楽とはどんな所だろうか。しかし、この現世と離れるのはつらいことだ」

一方、八右衛門の行動を分析し、詳細なことを知りたがっていた井上河内守は、航海術の権威者として間宮林蔵を呼んで証言を聞いた。河内守は、

「たとえ五百石積みの帆前船でも、たった二人で運航できるだろうか」

と尋ねると、

「できますとも。特に会津屋ほどの船乗りになれば、一人で十人役も二十人役もして働けますからね」

と証言した。いかに権威者の証言であっても、奉行が怪しまないわけはなく、林蔵とし

ては、元々自分が摘発するつもりはなく、ただ矢部駿河守に話しただけでこの二人が検挙されたので、林蔵は彼らの気持ちを尊重したのであった。その後、八右衛門と三兵衛は天保七（一八三六）年の十二月二十三日に、死罪を言い渡された。その他の人にも罪の言い渡しがあり、浜田藩の定府家老の松平亘は、八右衛門らを宗対馬守の家中に紹介しただけで、役儀取り上げ、押込の宣告を受けた。また、紹介された松村但馬も同罪であった。松平亘や松村但馬は、この事件からすれば端役に過ぎなかったが、厳しい裁決であった。

なお、岡田頼母は、この年七十四歳であったが、六月二十八日、家人や近親者を呼んで、次のように自殺の決意を述べた。

「私は清助が漂流から帰って来た時、すでに切腹をすることを決めていた。しかし、こうしなければ藩の窮乏は救えない。また、殿様も御老中としての活動もできなくなる。主君のため領民のために切腹をしようと思う。武士として為政者として本懐であるが、気の毒なのは八右衛門だ」

浜田藩家老岡田頼母の墓

この日の夜、白羽二重の単衣に着がえ、書院の正面に端座して、腹を切った。縁側には家人、近親者が列席し、十八歳になった一人息子の三十郎は、隣室で控えていて見守った。頼母が腹を切るのと同時に、この場に居合わせた者全員が、「おめでとうございます」と言って見送った。

なお、愛婿の松井図書が後を追って自刃したのは、その翌日の夕方であった。図書はまだ三十四歳の若さであった。この事件の責任上、藩主の康任は老中を免ぜられて、蟄居を命ぜられた。八右衛門の判決の直前に後任の藩主康爵が周防守に任ぜられた。しかしその後、奥州の棚倉に移封された。

ところで、この転封に際して、城地受け取りおよび引き渡しという行事が行われた。この行事は、幕府が上使を派遣することによって、幕府権力が直接介入するシステムになっていた。これは大名の居城が大名自身の私有物ではなく、大名が居城を幕府から与えられているという現実を示すもので

松井家累代の墓

あった。今回の転封は、康爵の棚倉への転封、棚倉藩主の井上正春の上野国館林への転封、館林藩主の松平斉厚が浜田への転封という三大名が同時に転封される三方領地替えであった。この浜田城引き渡しの行事には、使番の大久保忠良と書院番の小出英美が幕府の上使として任命された。転封が決まって約一カ月後に、幕府上使の人選が決定した。この浜田城、棚倉城、館林城の引き渡しの行事は、三つの居城とも同じ日に行われた。康爵の松井松平家は、常陸笠間・丹波篠山・和泉岸和田・播磨山崎・浜田・下総古河・三河岡崎・浜田というように七回も転封を繰り返してきており、今回の転封は通算八回目の転封である。また、松平斉厚の越智松平家は、上野館林・陸奥棚倉・上野館林というように二回の転封を経験しており、今回の浜田への転封は三回目であった。また、井上家は、遠江横須賀・常陸笠間・美濃八幡・丹波亀山・常陸下館・常陸笠間・陸奥平・摂津河内・遠江浜松・陸奥棚倉というように九回の転封を繰り返してきており、今回の館林への転封は十回目となる。ところが、今回に限り、康爵は棚倉への転封に気が進まなかった。父の康任が国禁とされている八右衛門たちが行った密貿易の責任をとって、強制隠居をさせられた後に家督を相続して藩主になっても、たった一年で棚倉に懲罰的移封を命じられたのには不満であり、不服を申し立てようと思った。したがって、幕府上使の大久保忠良が御留守居の大草権太夫を呼び出して、城の実地検分をする時に提出する絵図についてどのような指示をしているのかを聞くのに康爵は躊躇したのであった。しかし、幕府の命令には逆らえないと知った康爵は大草を呼んで聞いた。

「大草殿、大久保様はどのような図面を出せと言っているのか」

この質問に大草は次のように答えた。

「実は、まず一つ目には控絵図も含めて二枚の『浜田城絵図』です。この絵図は、縦が百二十二・七センチで横が九十三・三センチで縦六ツ折・横四ツ折に折りたたみ、木箱に入れて提出する代物で、この木箱に入れて提出された絵図は幕府の公式保管用絵図としての性格を持つと考えられます。二つ目には、藩主の居住施設である南御殿の平面図である、『浜田城三の丸住居絵図』です。三つ目には、上使が城を検分する際に使う道を朱線で示した絵図である、『御内見分之節御道筋朱引絵図』です。四つ目には、『浜田領分村絵図』です。なお、大きさについてですが、『浜田城三の丸住居絵図』は、東西百十八・二センチで南北九十・九センチです。また、『御内見分之節御道筋朱引絵図』は、東西五十四・五センチで南北四十四・八センチです。そして、『浜田領分村絵図』は、縦百二十二・七センチで横が九十三・三センチです」

この詳しい話に康爵は、自身の悩みを吐露した。

「私のような譜代大名が転封を繰り返すのは、全国的にも多く見られるが、たった一年間この城に居住して去るというのも、寂しい限りだ。城を次の城主に明け渡す時に作成する城図面を見る時が、一番万感胸に込み上げる時なんだよ」

この話に大草は、転封の多い藩主は大変なんだなと思い、康爵に同情したのであった。なお、城絵図には、本丸の建家坪数が二百二十三坪半、二の丸には建家はないが土蔵と番所が二カ所あるとか、三の丸には居宅・離れ・役所・番所・土蔵があって、千百三十三坪余あるとか、城の高さ、堀の深さと堀の幅、弓と鉄砲の狭間の数、城内の侍屋敷と足軽屋敷の数、城付武具、城米、人が交代する番所の名前、城下より近辺への道程（みちのり）、例えば大森銀山へ十三里とか、津和野へ十八里とか、松江へ三十二里とか、広島へ二十五里とか、萩へ二十八里など、細々（こまごま）とした記述も掲載したのであった。なお、上使が浜田城を検分する時には、松平斉厚の家臣も城に入って上使に同行した。そして、斉厚の家臣に対して城の引き渡しが行われた。その後、浜田城を受け取った旨の書面が、斉厚から老中の水野忠邦に提出され、また、同様に、浜田城を引き渡した旨の書面が、康爵から忠邦に送られた。そして、上使は江戸に帰り、将軍家斉に御目見えをしてこの重責は解かれた。幕府においては、城の「修補願絵図」の提出や転封時の居城引き渡し時における絵図提出などを通して、諸大名の居城絵図が膨大に保管されていった。

なお、この浜田城引き渡しのプロセスは、天保七（一八三六）年三月十二日、康爵に対しての棚倉への転封という命令、同年四月十九日、浜田城引き渡しの日の報告ならびに浜田城絵図の提出についての上使からの指示、同年九月二十六日、上使が浜田城内を検分し、斉厚の家臣も同行、同年十月二十四日、上使が江戸に全ての行事が終了して帰着ということであった。こういう七カ月にも及ぶ一連の事務処理が終わった時、部下がこの仕事に携わっていたとはいえ、康爵は側近に次のように言った。

「私がこの仕事に直接介入していなくても、部下からの報告を聞くのも、幕府の動きを聞くのも骨が折れる仕事だ。何かあった場合の責任は全て私に降りかかるからな」

この言葉に側近は、

「殿様も部下が行動するとはいえ、はらはらのご境地でしたな。気が滅入ったのではないですか」

と言って、康爵の気を癒（いや）した。

なお、この康爵は浜田藩の第十四代藩主で、また六万四百石の陸奥棚倉藩の初代藩主で

会津屋八右衛門氏頌徳碑

もあり、松井松平家九代目でもあった。文化七（一八一〇）年に生まれ、嘉永七（一八五四）年に家督を弟で養子の康圭に譲って隠居をして、慶応四（一八六八）年に死去した。享年五十九歳であった。

さて、離縁された八右衛門の妻の冴は、一生独身を貫き、八右衛門の冥福を祈りながら死んだ。息子の竹次郎は、父八右衛門の死後、大坂の商人の所に貰われていったが、立派に成長してからは、浜田屋安兵衛と名乗り、回船問屋として成功した。また、八右衛門の右腕として南洋の海を航行した健吉は、八右衛門が縄つきで、祇園神社の前を連行されて行く時に対面して、「私もお供しましょうか」と言ったが、「健康にだけは気をつけろよ」と応答し、この言葉が健吉への最後の言葉となった。その後、姪子屋の主人として、六十何歳まで生き延びた。

八右衛門没後百年目に竹島の領有権争い

ところで、八右衛門の心の中には、赤字財政が続く浜田藩の興隆のために、我が身が犠牲になったのだという自負感と焦躁感があった。また、鎖国政策を打ち破ってまで遠方に行かずに、日本の領土である竹島でとどまっておいたほうがよかったという後悔の念があった。この感覚は、八右衛門が死んでも生き続け、怨霊となって死後百年後に現れ、それが元で、竹島の領有権争いで日本と韓国が銃撃事件を起こし、国同士の紛争が起こることになった。それは、昭和二十八（一九五三）年から昭和二十九（一九五四）年にかけて、集中的に起こっている。その様子を詳しく述べたい。

昭和二十八（一九五三）年五月二十八日、対馬暖流開発調査実施中の島根県水産試験場所属試験船の「島根丸」は、竹島において、韓国旗を掲げた動力船六隻、無動力船六隻、その中の一隻は潜水器船で、海藻や貝類を採取中のところを発見した。漁民が三十名程度いることも確認した。同年六月二十三日、日本の外務省は、竹島の領域に対する韓国漁船による侵犯行為を厳重抗議したが、これに対して、六月二十六日、韓国側は、竹島は韓国領土だと回答してきた。六月二十五日、隠岐高校の水産練習船「おおとり丸」が、竹島の海洋調査と水質調査のため竹島に赴いた。そして、現地で、韓国人が天幕生活をしてワカメ採取をしているのを発見した。この頃、島根県と海上保安部では、共同で竹島調査を実施していたが、巡視船「くずりゅう」と「おき」に乗っていた海上保安官二十五名と島根県警察官三名と島根県吏員二名が、竹島に上陸し調査を実施した。その際、韓国人六名を発見したので、海上保安官が退去を命令し、彼らの母船が到着し次第、速やかに退去するように勧告した。七月十日、韓国海軍は、「韓国国会の要請により、竹島へ砲艦を派遣し実情を調査させることになった」と発表した。

七月十二日、第四次竹島調査に赴いた巡視船「へくら」は、同島に到着すると、同島に警察官七名を含む約四十名の韓国漁民がおり、十トン程度の「大成号」「栄号」他一隻の合計三隻の漁船と伝馬船一隻が停泊しているのを確認した。これら漁民は潜水用具を使ってワカメ、貝類を採取しており、二日の第二次調査の際に立てた日本領土の標識は、韓国により撤去されていた。そして、韓国官憲四名と通訳として中学校教官二人が「へくら」を訪問し、竹島は韓国領土であることを表明したが、日本側はこれを拒否し、同島は日本領土であることを通告して、同人を下船させた。その後、「へくら」は竹島を一周して、帰途に就いたが、その途中で突然数十発の発砲を受け、人命には異状はなかったが、ボートおよび後部左舷に命中弾二発を受けた。武器は「大成号」に自動小銃二丁を搭載しており、警察官がピストルを携帯しているのが認められた。

七月十三日、日本の外務省は、韓国に対し、日本領土・領海の侵害、日本領土における不法漁業、発砲による損害の賠償、責任者の処罰、将来の保証について申し入れるとともに、竹島の日本領有の根拠を詳述した見解を示す口上書を韓国側に送付するとともに、外務省情報文化局は、その全文を発表した。

七月二十三日、当時の福永健司内閣官房長官は記者会見で、

「竹島事件について韓国政府に先に抗議文を出したが、回答文が思わしくないので、政府としては近く岡崎外相から再び抗議文を韓国政府に出す方針である」

と語った。

昭和二十九（一九五四）年八月二十三日、韓国政府は、韓国駐在の米、英、仏、中国、ローマ法皇庁の各外交代表に対し、竹島に灯台を設置した旨を通告した。

八月二十六日、外務省は、二十三日竹島付近で巡視船「おき」が韓国軍の銃撃を受けたことについて、韓国政府の陳謝と将来の同種の事件防止を要求する口上書を送った。舞鶴海上保安本部の発表によれば、

「巡視船『おき』は、竹島に向け航行中、二十三日午前八時四十分頃竹島西島付近で銃撃を加えられ、銃弾は右舷を貫通し、その後も多数の弾丸が船上を通過、危険を感じたので退避したが、なおも銃撃が続けられた。この時の発射銃弾は自動銃によるものらしく、約四百発に達した」

というものであった。八月二十九日、韓国側は、日本の巡視船の挑発であると日本政府に逆抗議してきたので、日本の外務省は再び抗議した。

九月二十四日、政府は閣議で、竹島の領有権問題を国際司法裁判所に提訴することを決定し、二十五日に奥村外務次官は、韓国公使を外務省に招き、竹島問題を国際司法裁判所に付託することを伝え、付託について合意してほしい旨の口上書を手渡した。

十月二十八日付け口上書で、韓国側は国際司法裁判所への提訴についての合意の要請を拒否してきた。

十月二日、巡視船「おき」と「ながら」を竹島に派遣して調査を行ったが、東島の頂上付近に二本の無電塔が設置され、また、塔の側に木造家屋が建てられ、灯台は点灯されていた。「おき」と「ながら」は南西側から北回りに一周したが、木造家屋から警備員七名が現れ、旧陸軍のものと思われる山砲の覆いを外して、両船の方に向けた。ここに二十四、五名の兵員が、常駐しているものと確認した。

十一月二十一日、竹島哨戒中の巡視船「へくら」と「おき」が調査を行っていたところ、北側方面に回っていた「へくら」が、竹島東島山頂の砲台から、三インチ砲弾五発の砲撃を受けた。日本側に損害はなかったが、同島には三インチ砲三門が据えられ、警備員が十四、五名いるものと確認した。なお、この竹島を守る韓国の守備隊は、朝鮮戦争が終わる前の昭和二十八（一九五三）年四月に結成された。この戦争に参加して負傷して、特務上佐に転役したホン・スンチル隊長が中心となっていた。ホン隊長は釜山に行って独力で、竹島を守る武器と装備を購入した。これを土台にして四十四名の人数で独島（竹島の韓国名）義勇守備隊を組織した。この隊は、ホン・スンチル隊長以下各十五名の二組から成る戦闘隊と補給連絡要員三名、予備隊五名、補給船船員五名で編成された。これらのほとんどの隊員が、朝鮮戦争参戦の出身勇士であった。装備は軽機関銃二丁を初めとして、M一小銃十丁、拳銃二丁、手榴弾五十発、〇・五トンボート一隻であった。後に、迫撃砲などを購入し、最後まで残った者は、ホン・スンチル隊長を含め、三十三人であった。韓国政府は、国を守った貢献度が多大であると認め、昭和四十一（一九六六）年にホン隊長に五等勤務功労勲章を、残りの隊員に防衛褒章を授けた。また、三十年後の平成八（一九九六）年に、ホン隊長に報国勲章三一章を追叙した。

なお、竹島には、昭和三十一（一九五六）年四月から、韓国内務部治安局慶尚北道警察局鬱陵警察署の武装警察官八名が、常駐するようになり、独島義勇守備隊は同年十二月二十五日を以て解散した。なお現在、島には武装した韓国警察官四十一名が駐屯し、周辺海域は海洋警察庁が警備を行っている。

尖閣諸島の領有権問題

また、八右衛門がこの世に対して持っていた無念と不満と悲しみから去来する怨念は、竹島の銃撃事件だけでは晴らせなかった。

八右衛門一行が南方諸島へ航行する時に、好漁場があるという印象を持っていた尖閣諸島付近では現在、台湾と中国と日本の三国の間で、領有権問題が起こり、襲撃事件や領海侵犯、領土不法上陸などの違法行為が繰り返され、外交問題に発展している。この問題は、八右衛門の怨念の塊であり、この世に強い失望感と憤りを持って死んでいった八右衛門の復讐（ふくしゅう）なのである。特に次に述べる二つの事件は、その怨念の表現としては特筆すべきものである。

その一つ目として、昭和三十（一九五五）年三月二日に起こった第三清徳丸襲撃事件が挙げられる。この事件は、尖閣諸島海域で操業中の第三清徳丸が、中国旗を掲げる二隻のジャンク船に襲撃され、二名が射殺され四名が行方不明になった事件である。それでは、詳しくこの事件を述べたい。事件があった日に、尖閣諸島の魚釣島（うおつりしま）西方約二海里の地点で操業中の第三清徳丸に、中国旗（中華民国）を掲げた二隻のジャンク船（大安丸ともう一隻）が救助を求めたため、曳航しようと接舷したところ、兵隊のような格好をした者が二名、第三清徳丸に飛び移るや否や、船長と船員合わせて二名を射殺した。残りの船員七名は海に飛び込み、二海里離れた魚釣島まで泳いで逃げようとしたが、三名しか辿り着けず、四名は行方不明となった。魚釣島に辿り着いた三名は、島の裏側で操業していた第一清徳丸に連絡した後、石垣島に難を逃れた。

二つ目としては、尖閣諸島戦時遭難事件が挙げられる。この事件は、太平洋戦争末期の昭和二十（一九四五）年七月に、日本の小型船二隻（「一心丸」と「友福丸」）がアメリカ軍機の攻撃を受け、無人島だった尖閣諸島に漂着した事件である。約五十日後に救出されたが、戦闘と飢餓などによって九十人以上が死亡した。石垣島から台湾に民間人を疎開させる途中に遭難した事件である。さて、この事件を詳しく述べたい。船団は、空襲を避けるために夜間航行を選び、石垣港から台湾の基隆(キールン)港を目指して出航した。しかし、定期哨戒中のアメリカ軍機によって発見され、爆弾投下と機銃掃射を受けた。このため、「一心丸」は炎上沈没し、「友福丸」は航行不能となった。すぐに救助作業が行われたが、相当数が溺死した。生存者は魚釣島に向かって上陸した。上陸当初は、米や鰹節など乏しい食料を出し合って野草入りの雑炊を作る協同炊事が行われたが、すぐに打ち切りとなり、以後は各自で食料を集めた。しかし、体力の低下が激しく、数人の餓死者が出たが、生存者は戦後無事に帰還した。この事件では、乗船者百八十人余りのうち、救出までの死者は七十人、救出後の衰弱死は二十人弱であった。ところが、この二つの大きな事件以外にも、尖閣諸島では領有権問題で色々な小競り合いが起こっている。日本に対して起こされた不穏不当な事件をさらに述べてみたい。

昭和四十三（一九六八）年八月十二日、台湾のサルベージ業者が南小島で、沈没船解体作業を琉球政府の入域許可を得ずに行っていた事実が発覚した。琉球政府は、退去させた上に、再度入域許可を取得させ、残りの作業を続けさせた。昭和四十六（一九七一）年一月二十九日、サンフランシスコで中国人留学生らが、尖閣諸島は中国固有の領土であると主張するデモを決行した。このデモは世界中の中国人社会にも広がった。昭和五十三（一九七八）年四月、約千隻の中国漁船が尖閣諸島に接近して、領海侵犯と領海内操業を行った。平成二（一九九〇）年八月、台湾地区スポーツ大会の聖火リレーを行っていた台湾船の二隻が、魚釣島（うおつりしま）周囲の領海を侵犯した。平成八（一九九六）年十月、台湾と香港の活動家らが乗船する小型船四十一隻が領海侵犯し、四人が魚釣島に不法上陸した。平成二十（二〇〇八）年六月十日、領海侵犯した台湾の遊漁船「聯合号（れんごう）」に海上保安庁の巡視船「こしき」が衝突し、「聯合号」が沈没する事件が発生した。台湾の一部から反日世論が沸騰し、数日後に台湾の巡視船四隻が尖閣諸島沖の領海を侵犯した。このため海保巡視船と睨（にら）み合い、駐日代表を召還させる措置を取った。結局、日本側が海保巡視船の過失を認めて謝罪を表明し、同年十二月、三千万円相当の賠償を支払うことで和解が成立した。同年十二月八日、中国国家海洋局所属の海洋調査船二隻が、尖閣諸島付近の領海を約九時間半にわたって侵犯した。平成二十二（二〇一〇）年九月七日、中国漁船が日本の領海を侵犯して尖閣諸島付近で操業中、海上保安庁の巡視船がこれを発見した。停船を勧告したが漁船は逃走して、その途中で巡視船に衝突を繰り返したため、巡視船二隻が破損した。同漁船の船長は公務執行妨害で逮捕された。平成二十四（二〇一二）年七月四日、台湾人活動家を乗せた遊漁船一隻と海岸巡防署の巡視船四隻が魚釣島の領海を侵犯し、海岸巡防署の巡視船一隻が接続水域内で、海上保安庁の巡視船「みずき」と接触した。同年八月十六日、香港の活動家十四名を乗せた抗議船が、魚釣島の領海を侵犯し、この内七名が島に上陸した。そして、島で待ち構えていた日本の警察官と海上保安官に逮捕された。

ところで、ここで日本と中国との間で、一触即発の危機的状況になった事件を詳しく生々しく述べたい。昭和五十三（一九七八）年四月十日午前七時半頃、第十一管区海上保安本部の巡視船「やえやま」がレーダーで、尖閣諸島の日本領海十二海里内に、中国漁船が入るのを見付けたのである。そして尖閣諸島の魚釣島付近で、中国の漁船百八隻が操業したり、漂泊しており、内十六隻が領海内に侵入しているのを確認し、退去を求めたのである。これに対して中国漁船は、「ここは中国の領土である」との意味を記した板切れを見せて、「やえやま」と睨み合いの状態が続いたが、同日夜八時に全船が領海外に出た。しかし、三十分後に十四隻が再び領海内に入った。確認した結果、全て中国国籍の漁船で、半数近くが船首に十三ミリ口径と思われる機銃を装備しており、船には一隻に十五人から十八人乗っていて、二隻一組で底引き巻き網漁をしていた。とにかく、我が国領海の十二海里の内側において、午後三時半の時点で領海内に入っていると確認できたのは十六隻である。これらの漁船に、「やえやま」は中国語で書かれたテープと垂れ幕を見せて、正午頃から領海外退去を命じた。海上保安庁では、重大な領海侵犯事件として、事件の概要を外務省等関係機関に連絡した。また、同日夕方、本庁から警備救難監を那覇に派遣した。そして、ビーチクラフト機を飛ばして船団を撮影し、フィルムをチェックして、詳細な事実を把握した。十日の尖閣諸島付近は、正午頃の観測では晴れで、視程もよかった。操業中の漁船が緊急避難などで領海内に入ったとは考えられず、領土問題に絡んだ中国側の意識的な行為であった。海上保安本部が領海内に侵入した漁船団を中国国籍の船と断定したのは、中国国旗である五星紅旗を掲げていたことのほかに、船名の表示の仕方が、中国独特のものであったことによった。ところで、十二日午後九時に、十四隻が再び領海内に入ったので、全国から十隻の巡視船と四機の航空機を集め、船団を領海外に退去させた。この険悪な状況を察知したアメリカ軍は、米軍機を現場に急行させたが、日本の艦船が砲門を開かない段階では、米軍は攻撃を開始できないという日米安全保障条約の取り決めがあったので、船団上空を旋回（せんかい）するだけで帰って行った。

　このように尖閣諸島の領有権問題は、東シナ海の大陸棚に推定千九十五億バレルという、イラクの石油の埋蔵量に匹敵する大量の石油埋蔵量の可能性があることが判明した後から、

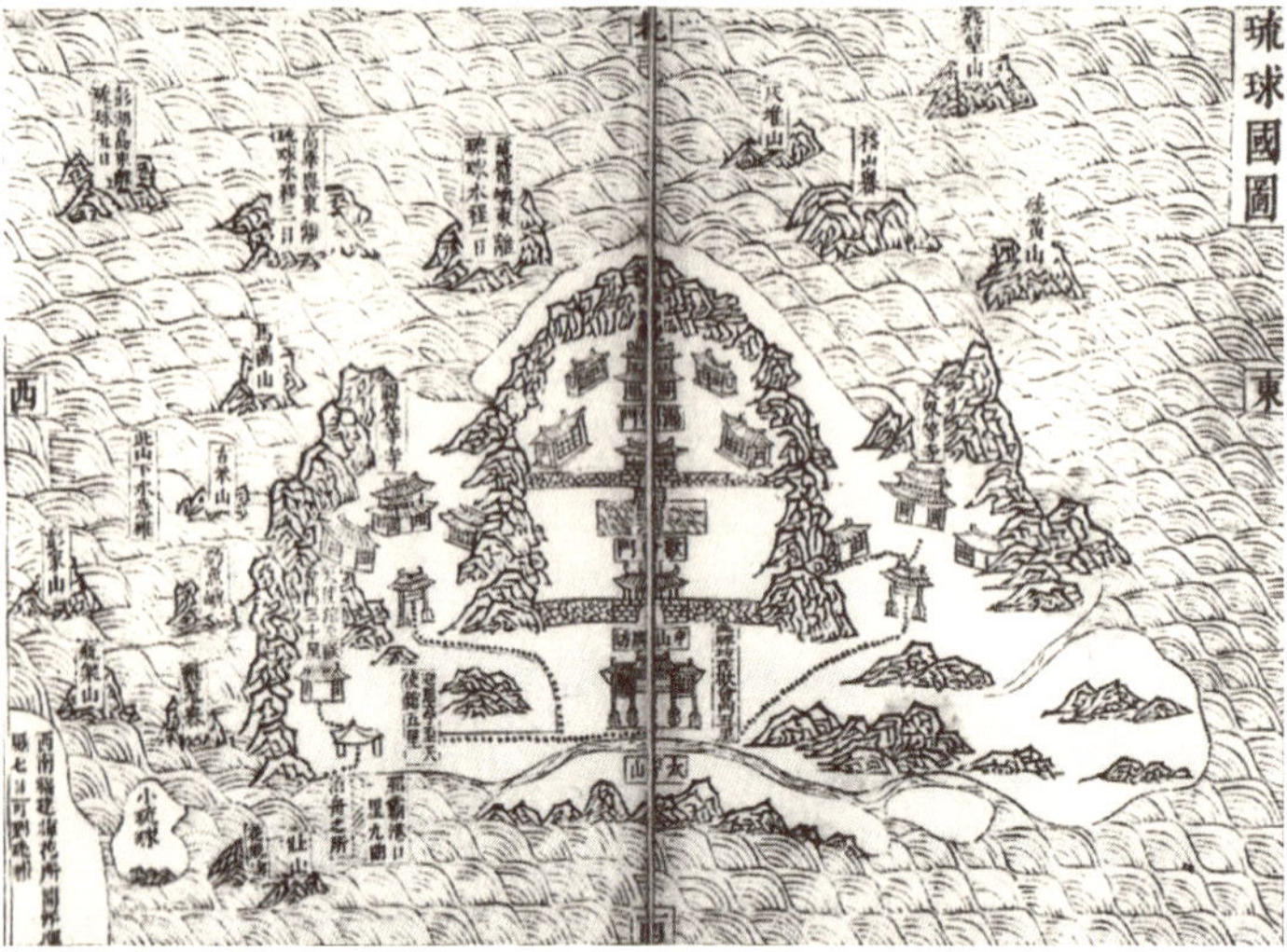

鄭若曾（1503年～1570年）著作の『琉球図説』の中に出てくる「琉球国図」
（フリー百科事典「ウィキペディア」より）

琉球、東番、台湾という三つの地域全てを、明は琉球国の領域としてみなしていた。『台湾府志』には鶏籠のすぐ北側には弱水があると恐れていた。台湾府は琉球を遠く感じていた。弱水（黒潮）の内側に囲まれる島は「半架諸島」「尖閣諸島」「与那国島」「宮古諸島」「八重山諸島」「琉球」「対馬」「竹島」「日本」となる。歴代中国は弱水（黒潮）を海上国境線とみなしていた。つまり弱水に囲まれている地域を異国とみていたのである。

起こり始めた。急に中国と台湾が、領有権を主張し始めたのである。この尖閣諸島は、明治二十八（一八九五）年に、どの国の支配下にもないと確認した日本政府が、日本の領土に編入し、以後、自国領土として実効支配を行っている。なお、尖閣諸島は国有地である魚釣島・北小島・南小島・大正島、私有地である久場島で構成されている。

この尖閣諸島付近での

領有権問題による事件は、八右衛門が鎖国政策を無視してわざわざ南方諸島には行かずに、日本領土である尖閣諸島で、大金になる特産物と珍品を獲得して帰るのだったという後悔と自責の念の発露によるものであると思われる。

さて、その尖閣諸島とはどのような島々なのか、その真実を述べたい。地質は単純で土壌は肥沃であって、飲料水がある。また、マラリヤ、伝染病はなく、ハブや猪は棲息はせず、カツオ、マグロ、カジキなどの回遊魚の一部は必ず尖閣諸島海域を通過する。こういった良好な環境なので、この島々の産業は、カツオ節の製造、海鳥の剥製作り、パパイアの木の植林作業、アホウ鳥の羽採取、森林伐採、フカの鰭（ひれ）・貝類とべっ甲の加工、珊瑚（さんご）の加工、クバの幹で作る民芸品製造、野性化した蜜柑・文旦・バナナ・さつまいも・さとうきびなどの採取が、入植者たちによって積極的に行われた。もしも、この事実を知ったなら、八右衛門は嫉妬と無念さに駆られ、極度に落ち込んだに違いない。とにかく、八右衛門の怨念は癒（い）えることなく、日本の現代社会に深刻な暗い影を落としている。

（完）

【参考文献】

『閉じられた海図』古川薫（文芸春秋）一九八八年二月
『士烈 橋本三兵衛』河田竹夫（橋本三兵衛を讃える会）一九七八年六月
『竹島事件史』藤原芳男（浜田市観光協会・会津屋八右衛門顕彰会）一九八八年一一月
『南方船』濱本浩（八紘社・松山書店）一九四二年九月
『ふるさとを築いたひとびと』浜田市教育委員会（浜田市教育委員会）一九九二年三月
機関誌「城・第90号」田村紘一（関西城郭研究会）一九七五年八月
『江戸城大奥の生活』高柳金芳（雄山閣出版）一九六五年一〇月
『江戸幕府役職集成』笹間良彦（雄山閣出版）一九七二年七月
『大奥』清水昇・川口素生（新紀元社）二〇〇七年一二月
『徳川幕府事典』竹内誠（東京堂出版）二〇〇三年七月
『人物事典　江戸城大奥の女たち』卜部典子（新人物往来社）一九八八年一二月
『徳川将軍列伝』北島正元（秋田書店）一九七四年九月
『人物叢書　水野忠邦』北島正元（吉川弘文館）一九六九年一〇月
『浜松市史　二』浜松市役所（浜松市役所）一九七一年三月
『藩史大事典』全八巻の第四巻「中部編Ⅱ—東海」木村礎・村上直・藤野保（雄山閣出版）一九八九年一月

『浜田市誌　上巻』浜田市誌編纂委員会（浜田市総務部企画広報課）一九七三年一一月
『浜田町史』浜田町史編纂係（一誠社）一九三五年一月
『島根県竹島の新研究』田村清三郎（島根県総務部総務課）一九六五年一〇月
『尖閣列島ノート』高橋庄五郎（青年出版社）一九七九年一〇月

著者プロフィール

小寺　雅夫（こてら　まさお）

昭和31年12月21日、島根県に生まれる。
昭和52年、島根県立浜田高校を卒業。同年、成蹊大学経済学部に進学、後に国鉄職員だった父を慕い国鉄に入社。
現在、JR西日本勤務。
著書『鉄道マンが行く日本縦断JR56の旅』（南々社）
　　『浜田城炎ゆ』（溪水社）
　　『石州の歴史と遺産』（溪水社）
　　『観て歩き　石州の文化財』（溪水社）
　　『幕末の浜田藩』（文芸社）

海商、会津屋八右衛門

2013年 6 月15日　初版第 1 刷発行
2015年 6 月 5 日　初版第 3 刷発行

著　者　小寺 雅夫
発行者　瓜谷 綱延
発行所　株式会社文芸社
〒160-0022　東京都新宿区新宿1－10－1
電話　03-5369-3060（編集）
03-5369-2299（販売）

印刷所　広研印刷株式会社

ISBN978-4-286-13781-0